[加拿大] 弗朗西斯 · 伊塔尼　著
Frances Itani

忆骨

REMEMBERING THE BONES

魏立　译

译林出版社

图书在版编目(CIP)数据

忆骨 / （加）伊塔尼（Itani, F.）著；魏立译. —南京：译林出版社，2014.6
（弗朗西斯·伊塔尼作品）
书名原文：Remembering the bones
ISBN 978-7-5447-1329-0

Ⅰ. ①忆… Ⅱ. ①伊… ②魏… Ⅲ. ①长篇小说-加拿大-当代 Ⅳ. ①I711.074

中国版本图书馆CIP数据核字（2014）第012679号

著作权合同登记号　图字：10-2012-125号

书　　名　忆骨
作　　者　［加拿大］弗朗西斯·伊塔尼
译　　者　魏　立
责任编辑　吴莹莹
出版发行　凤凰出版传媒股份有限公司
　　　　　译林出版社
出版社地址　南京市湖南路1号A楼，邮编：210009
电子邮箱　yilin@yilin.com
出版社网址　http://www.yilin.com
经　　销　凤凰出版传媒股份有限公司
印　　刷　江苏苏中印刷厂
开　　本　880毫米 × 1230毫米　1/32
印　　张　8.375
插　　页　2
字　　数　189千
版　　次　2014年6月第1版　2014年6月第1次印刷
书　　号　ISBN 978-7-5447-1329-0
定　　价　35.00元
　　　　　译林版图书若有印装错误可向出版社调换
　　　　　（电话：025-83658316）

献给凯姆和萨姆，亲爱的宝贝，永远爱你们。

也献给所有被母亲爱着的女儿们。

浩瀚的星空下，

你是否

和我一样，

也在思索自己的位置？

——玛格丽特·阿维森，《讲述》

一

峡谷

1

2006年4月15日，星期六

乔姬的手提箱上了锁，外层的拉链袋里没放什么值钱的东西。女儿之前警告过她：如果外面的袋子也上锁，他们会以安全的名义把它剪断。所有的机场工作人员都有权这么干，弄断你的锁、把拉链头扭下来对他们来说简直就是家常便饭。最好把所有私人物品都塞到背包的最里面。如果外层袋子里一定要放点什么，那就放本杂志，或者脏衣袋，其他的就算了。乔姬的女儿凯斯经常旅行，她事无巨细地把旅途中的注意事项给母亲讲了一遍。不过该注意的实在太多，乔姬感觉脑袋都要被塞满了。你甚至会觉得乔姬是女儿，凯斯才是母亲。但这不过是凯斯控制欲和指导欲的表现，乔姬对此真是再熟悉不过了。凯斯开了一家剧院，自己指导排练，指导母亲的行程对她来说是驾轻就熟。

乔姬很用心地在听凯斯讲话，但她没有掩饰自己内心的紧张。乔姬没坐过几次飞机，而且都不是一个人。乔姬第一次坐飞机，还是退休那年和哈利一起去欧洲“隆重”旅行时。第二年，他们又一起坐飞机去西雅图。之所以说“隆重”，是因为他们积蓄了大半辈子，就为了那次旅行。这桩事很值得怀念，是漫长婚姻中的一次旁白。乔姬想念那些小小的温情——他每一次低眉顺目，每一次把头侧过来；她想念躺在床上时，身边有他温暖的身体。但哈利已经不在了，他去世三年多了。现在也不是陷在孤独和悲伤里的时候，乔姬还要驾车两个小时赶去机场，然后把车留在那里的停车场。凯斯说可以开车送她去机场，但乔姬知道女儿还在排练，拒绝了她的提议。乔姬不想耽误任何人的时间，丹福思家的女人不是一向都很独立吗？乔姬的目的地是白金汉宫，她决定单身前往。邀请函上说可以带配偶或者一名同伴，但乔姬带谁去见女王呢？母亲菲尔不行，她住在养老院，已经一百零三岁了；姐姐艾丽也不行，她住在佛罗里达。但最后，乔姬想，也许该邀请艾丽和自己一起去。她想念姐姐，哈利的葬礼后她俩就再没见过面。

不过现在找谁都太迟了。乔姬和女王的生日是同一天——一九二六年四月二十一日。她一直知道自己的生日这么特殊，还是受到邀请后才恍然大悟？

乔姬关掉灯，站在厨房里的阴暗处。午后的阳光把温暖洒满庭院，峡谷边的树枝上嫩芽绽现，轮廓在阳光中清晰可见。积雪已经化尽，番红花迫不及待地破土而出，东一处，西一处。外面的气温难得地达到了二十三度，天气晴朗，适合飞行，起码从这里起飞没有问题。乔姬往地上撒了些给松鸦吃的花生，给鸟食槽加满葵花籽和黑尖栗，又给屋里的常青藤和翡翠木浇了水，门窗也检查过了。乔姬十天后回来。冰箱里放着面包，奶油碟里放着奶油、一块包得紧紧的切达干酪和两个黄番茄。乔姬喜欢凡事预先准备，回来后她不能马上去购物，这些足够她回家后做个三明治。乔姬透过后窗凝视着外面野樱树的枝条，因为没开灯，她在玻璃上看到了自己的影子。

乔姬里面穿着奥地利羊毛开衫，外面是件春装，两件都是柔和的苔绿色；下身是一条宽松的长裤，这样就能在飞机上舒服地过夜；鞋子也很合脚，这样早上醒来脚才不会肿。这里是安大略省，时区比英国晚五个小时。明天她到那儿的时候，应该是二十点，然后减去五。谁会关心这个？可乔姬忍不住要弄明白。可以确定的是：航班横跨大西洋，从西岸飞往东岸，明天清晨降落在伦敦郊外的机场，所以，她不得不在飞机上睡一觉。

卫兵赫克托一身绿衣裳
卫兵赫克托要去见女王[①]

应该拿好东西，走出大门，然后回来，坐一会再出去吗？俄国小说里的角色就是这么做的——为了避开厄运，保佑旅程平安。但乔姬没效仿他们，时间来不及了。

凯斯一个小时前来送别。她拥抱乔姬，把一个小礼品袋放在母亲汽车的副驾驶座上，袋口露出些橙色的纸。凯斯在车道上打电话给母亲："你可以拎着那个袋子上飞机。看到了吗？不是很大。飞到大洋上才能打开看哦。"然后她跳进自己的汽车，开下山进城去了——她还要回剧院排练。

乔姬问自己，如果哈利还活着——事实上，他已经不在了，按他的一贯作风，这次会不会陪自己去呢？他们计划退休旅行时，他就不肯去英国。那次乔姬没有看到白金汉宫，但没有抱怨。现在第二次机会来了。女王的邀请函就在新的黑色手提包里，包里还有一本P. D. 詹姆斯[②]的平装本小说，是乔姬准备在飞机上看的。什么

① 欧美国家耳熟能详的童谣，理查德·斯凯瑞创作。
② 英国当代最著名的推理小说女作家，被尊称为"推理小说第一夫人"。

都是新的。新的手提包有肩带，可以背着，这样就能腾出手来拿护照、换钱、召唤伦敦的出租车。蓝色礼服也是新的，乔姬专门去市区买回来的，开车过去就用了两个小时，和从家到机场的路程差不多。礼服是上等的丝绸面料，圆领，袖口钉着珍珠纽扣，外面包了好几层皱纹纸，放在行李箱的最上层。乔姬的珍珠项链是旧的，但也用盒子收好，放在随身的手提包里了。她不敢把项链放在行李箱里托付给机场工作人员。这条项链是哈利设计的，珍珠也是他一颗颗穿起来的，每一颗珍珠都牢牢地打了双结。那是很久以前的事情了……

如果被王宫的地毯绊到，扑倒在女王面前会怎么样？查尔斯会在旁边，伸手扶住她吗？菲利普会和她说话吗？她还记得要做什么吗？她还有机会回来欣赏那些著名的艺术收藏品吗？如果……会吗？乔姬又检查了一遍机票、珍珠项链和活动日程表。等上了飞机，她可以点杯香槟，慢慢研究这个日程表。真是激动人心！邀请函也在，上面写着：

> 王室总管奉女王陛下之命，邀请乔治娜·丹福思·维特利女士出席女王八十岁生日午餐。

英联邦所有地区共有九十九个人收到了邀请，他们都和女王同一天生日。按照要求，乔姬应该在十九号中午十二点半到一点钟之间到达，因为生日午餐比他们的真正生日要早两天。乔姬给自己留了些时间，去王宫之前可以在伦敦缓缓时差，四处看看。她希望休息好，平心静气地去见女王。乔姬准备二十五号飞回加拿大，也就是说，庆祝活动后，她还可以在伦敦待整整五天。乔姬想在这个古老城市的街道上漫步，看看那些以前只在书上见过的地方。她还要高高地坐在伦敦的出租车里，经过那些只在图片和想象中出现过的地方：大理石拱门、皮卡迪利大街、唐宁街、大本钟。乔姬还想漫步西敏寺，追忆国王和王后、探险家和诗人的故事。乔姬想亲手抚摸韩德尔和哈代、勃朗宁和乔叟、勃朗特姐妹和莎士比亚的遗骨或遗物。她要踩在古老的石头路上，还要到福南梅森百货商店喝茶，参观维多利亚和阿尔伯特博物馆、国家肖像画廊、狄更斯的故居和泰特现代艺术博物馆。乔姬还想去利博蒂百货商店买一条真丝围巾，再去买张票看场戏。乔姬想做的事情太多，也许没等这些做完，她就精疲力竭了。

乔姬拿起钥匙，走过带有玻璃门的红木柜。柜子里是乔姬多年的收藏，最早的是拉斯洛[①]所作伊丽莎白女王画像的微缩复制版。乔姬收藏这个时，女王还是个年轻的公主。画像中的公主手拿花篮，穿着饰有蓝色缎带的灰白色晚礼服，头发烫过，又染成金黄色，手指纤弱细长。红木柜中的收藏品还有节目单、明信片、《麦克林》杂志一九三七年的爱德华八世[②]退位特别刊。这份特别刊五美分一本，里面有爱德华八世的“退位宣言”，还有之后那些让人心碎的演讲和声明。除此之外，红木柜中还有一张王宫游览地图、一个印着伊丽莎白女王名字和加冕年份一九五三的纪念火柴盒，还有一本《伊丽莎白公主的礼品书》。这本书本来是艾丽的，她和丈夫特里克收拾行李搬去博卡拉顿，这本书就留给了乔姬。乔姬的所有收藏都在这个红木柜里，里面甚至还有一本四十年代的皇家剪贴簿，这是凯斯从古董店淘来的。凯斯经常取笑乔姬的收藏，但这并不妨碍她给母亲贡献新的藏品。

---

① 菲利普·亚历克修斯·拉斯洛（Philip Alexius de László，1869—1937），匈牙利人，19世纪末20世纪初最出色的肖像画家之一。

② 即著名的温莎公爵，因执意和所爱的女子结婚，自愿放弃王位。

乔姬没有像俄国人那样，走出门再回来坐一会。乔姬觉得他们太容易激动了，即使回到家里坐着也总是喋喋不休。乔姬把行李箱放进汽车后备箱，暗自庆幸自己还算健康，还提得动行李。她坐到驾驶座上，发现凯斯的礼物放在副驾驶的座位上。乔姬伸出两根手指，按了按礼品袋，感觉里面是什么软软的东西。峡谷上只住了四家人，因此街上总是静悄悄的。下山的路在前面半英里处和出镇的公路汇合。乔姬把车倒出来，转第一个弯的时候，她看了看手腕，确信自己没有忘戴手表——有宽金表带的那块。因为注意力都在手腕上，乔姬手里的方向盘稍微向右偏了一下。就在那一瞬间，右前轮滑出了路面。乔姬感到车前轮往下一沉，整个车身剧烈颠簸起来。

乔姬抓紧方向盘想打回方向，但汽车就像中了邪一样，完全不听使唤。车头已经冲进两块带条纹的护栏中间。这里放置护栏正是为了防止这种险情发生，护栏就是一个警告，提醒人们前面有危险，一定不能让汽车偏离路面。但现在乔姬的汽车刚好冲入两根立柱中间，径直坠了下去。开始时还悄无声息，让人难以相信，竟然发生了这样的事故。汽车落在一棵大树的树冠上，然后滑落，滑落，擦过另一棵树，坠落，坠落。

乔姬没有喊。她只是张着嘴，接着就咬紧牙关，死死握住方向盘，尽管她也知道，半空中的汽车是不受控制的。汽车开始翻滚，乔姬的脑海中浮现出一个“树”字。她被甩了出来，但还睁着眼睛，瞳孔在放大，眼前似乎出现了一幅缓慢移动的图案。无数的小点聚集到一起，组成了这幅图案，但小点又在不停运动，于是图案也在不停变幻。成百上千片树叶聚在一起，又散开，每一片上的叶脉都清晰可见。遥远的童年记忆中的一个画面渐渐清晰——橡木桌子上摆着一个树形的装饰品。细小的玻璃叶子是刻面的，很光滑，连在铜丝上。丝线枝条伸展开来，淡淡的，软软的，像苔藓。细长的树干连在玻璃底座上，乔姬刚好可以一把握住。

乔姬不敢往下看，因为她感觉一棵树正从身体里长出来，完整、坚实、活生生、会呼吸的一棵树。乔姬伸出手指想去摸，但就在那一瞬间，她感觉到身体被猛的一拉。乔姬被拖进了一个光环，耳边响起一阵大笑声——是乔姬自己的声音。

“我要变成树了。”乔姬说，她居然又不可思议地笑起来。她再一次伸出手指，想感觉树干的粗糙，手腕和手上的肌腱都绷得紧紧的。乔姬看不见自己的车。为什么会从车里出来呢？一团橙色的东西出现在眼前，滚过去，消失在视线外了。但乔姬还没停下来。最后，她也不知道是怎么回事，就四仰八叉地躺在了地上。树根突兀地伸出地面，戳着她的肋骨。岩石的棱角像闪电般尖利，刺痛她的肩胛骨。树根、岩石，总之，乔姬着地了。她掉进了灌木峡谷的谷底。

2

髋部摔坏了？还是腿？哪条腿？她感到这疼痛是如此强烈，几乎要从自己的身体里满溢出来。疼痛从她的额头、鼻子、关节和嘴里跳出来，从她脖子旁边的伤口渗出来；疼痛缠绕着她的脚踝和肋骨；疼痛像标枪刺进她的颧骨，像利剑劈开她的大腿；疼痛停在她的眼皮上，深深地钻进眼眶。乔姬盯着上面，惊讶地看到了树杈，透过枝叶可以看到满天的乌云。无尽的黑暗席卷，蔓延，将她包围。她的脑子里飞快地闪过一个又一个字眼，她眯着眼睛，想尽量让脑子转得慢一些——车轮、坐垫、王宫、树、车轮、坐垫、王宫、树。她尽力想寻点其他东西，但无论怎么努力，她的记忆里只剩下这几个字眼了。

3

她死了吗？

“哈利！”她喊道，“我死了吗？”

她一定要动一动。当然，必须动一动。人到了一定年龄，身体必须经常活动，否则骨头会卡住。她在哪儿？她今天没有散步——沿着山路，向下走半英里，然后再走回来。这段山路她走了这么多年，闭着眼也能走个来回。她每周散步两次，偶尔会忘记，但散步对她的健康很有帮助。到了冬天，她可以在家里的跑步机上做这项运动，其他三个季节，就能到山路上走了。

她很冷，在发抖。她已经神志不清了，或者，她只是睡着了吗？她已经见过最不寻常的树，她正在去某处的路上。但是，去哪里呢？

女王不欢喜，国王不中意，

卫兵赫克托被送回老家去

没条理，她记起了这几个字。它们是什么意思呢？她正在某个地方，整理思绪。她平躺在地上，但不确定是在哪里。当然，绝不是在自己的床上。

集中精神，想着骨头，她对自己说，什么地方骨折了吗？

哪里动不了，就是骨折了。

试试左腿。

可以弯。

试试右腿。

疼，整条腿都疼。

手指？

很好。

左边胳膊？

也很好。

右边胳膊？

她不敢抬。右肩的骨头肯定碎了。

脊柱？

她的脚趾还能动，如果脊柱受伤，脚趾就动不了了……

她肯定没事。她想起了骷髅赫布利，甚至一下子就想起外祖父的解剖书里，这个骷髅出现在哪一页。刚上学那年，她在乡下的房子里发现了那本书。曾经，她可以像念顺口溜一样，说出赫布利身上的每块骨头。

头骨：枕骨、额骨、颅顶骨。还有一些，她想不起来了。慢慢想……颞骨、上颌骨、下颌骨。

犁骨，形状就像一把犁头。尘封的记忆突然浮现出来，就像突然揭开一个古老的秘密。

第一颈椎。

第二颈椎，转动头部的支点。

她轻微地抬了抬头，稍微转了转，转向右后方。她看到灌木丛、树木；一根羽毛，挂在粗糙的岩石上；一根弯曲的肋骨，磨成了灰白色，是什么动物留下的。那边，身后的开阔地上，她的汽车就在那儿，离她大概一间屋那么远。剧烈的撞击之后，车子已经残破不堪，驾驶室的门飞了出去。汽车滑落山崖，又翻滚着坠落，怎么会四平八稳地落在地上呢？汽车撞到一棵树上，她在车里面，这些她知道，但再多就想不起来了。然后呢？她明显是被甩出来了。车门大开，她没系安全带吗？

没有。

这次没有。

所以，这是她自己的错。

她可以屈起一边的膝盖，用一只脚蹬地，仰面朝天，一点点挪到汽车边上，伸手到车里按响喇叭。但她的头正枕在一块石头的尖棱上，缓解疼痛的唯一办法就是抬起头，稳住，然后再撞到石头上。疼痛又一次浑身遍体地袭来。

如果是女王，她会怎么样呢？

女王不会亲自开车的，她有司机。

她正在去王宫的路上。她的脸被撞了，嘴里干冷如灰。她可能要休克了。她从外祖父的医学书上看到过，治疗的首要原则是休息。哈利为什么要买辆黑色的汽车呢？到了晚上，上面的人根本看不见下面还有辆车。刚刚还是早晨呢，她在白天看到过凯斯，那时候是下午。有人把什么橙色的东西放到车里。是她的女儿，凯斯。

凯斯对她说再见。

但她是谁？

她想，像她这样的人应该会有名字吧。

她睡着了。

4

要是有人能告诉她，她在那待了多久，她会非常感激。三个小时还是十三个小时？一天还是两天？

当然不是两天。

她不得不想到，自己要在这里过夜。天黑了几次？一次吧，她看到了黑暗。不，是梦到了黑暗。她一定是神志不清了，要不就是被吓坏了。她现在很害怕，要是她能不发抖就好了。

她盯着一截翻起的树根。那老根扭出了地面，却仍然连在大树上。它比她的身体还长，拱起的形状就像一只横在空中、被剖开肚子的鳄鱼，树根末梢居然还真有一只冰冷的、黑色的眼睛。这棵大树一定是半死不活的，它严重倾斜，枝叶都长在一边。她顺着树干的方向看着斜上方的天空。她不得不眯起眼睛，因为那渐弱的光让她感到疼痛。她的眼眶淤青了？眼睛肿了？干渴像爪子，抓挠着她的喉咙。她看到一团杂色的云拖着长长的尾巴。云在飘荡，她的骨头也随之震颤。一只乌鸦呀呀地叫着，飞出了视线，随即又发出病狗吠叫般的声音。

谁没有过恐怖的想象？她想号啕大哭，但这有什么用？只要她闭上眼睛，黑暗就会降临。她理应想着早晨的阳光。

理应，这个词突然闪现出来，就像突然想起一个遗弃已久的密码。她几乎要为这个词流泪了。她抬起头，再一次回头看着汽车。就在这个瞬间，她清楚而准确地想起了自己的名字。

股 骨

5

我的家人叫我乔治，有时候也叫我乔姬，但我的全名是乔治娜·丹福思·维特利。我很熟悉疼痛是什么感觉，这种知识总是随年龄增长的。

我死了吗？

哈利？

别回答我。如果你说话，我就知道，自己真的死了。

我的左手下面全是炭灰。我拍了拍地面，摸到一块烧焦的树皮。谁在这地方生过火？我的外套会被弄脏的。

炭灰并不重要。在这里。

你是谁？沉默的询问者？

你差不多就在家门口。你家两层楼的房子就在山上，车道上是空的，前门锁着。你看不到，但你知道它就在那边。

门上的油漆开始剥落了，需要重新粉刷。我的常青藤也要浇水。我在路上。

常青藤很顽强，它们死不了。你背后有个山坡，山坡上长满了树，和你家屋后的树一样。

那么，我是在峡谷里。我在灌木峡谷的最深处。

真是失礼呀。我会错过女王的生日午餐。

这可不行。我一定要起来。我要做的就是动起来。

6

我一定要自救，或者让别人来救我。这再清楚不过了。但人们为什么要找我？我不是失踪，是我自己决定要一个人去英国。菲尔现在也许正坐在养老院的沙发上，以为我在伦敦逛街呢，或者以为我还在飞机上。又一个小时过去了？还是一天？

我躺的地方不平，无论我怎么动弹，身子底下总有石头硌着。股骨好像断了。如果它真的断了，断裂处应该在上面。我想，不会是髋骨。当然不是，那里是老毛病了。

如果凯斯在这儿，她会歪过头盯着我——她一头乌黑的头发是丹福思家祖传的。凯斯会说：你休克了，妈妈，躺着别动，不要慌。

没错，凯斯会负责的。她一向习惯发号施令，这是她的天性。凯斯不知道自己讲话会给人什么印象，她说话的方式就是这样。她深信自己要负起责任，这一点让我愈发爱她。

但我没有慌。现在还没有。总会有人过来，我只要等着就行。不过，我还是希望凯斯在我身旁。

凯斯·布朗去赶集
一条裤子总不提

上学的第一天，凯斯就被其他孩子嘲笑。那时她六岁，短裤总是往下坠。不过没关系，她懂得自嘲。“我可不叫凯斯·布朗！”她反驳道，尽管那些孩子说的就是她的短裤。凯斯被人嘲笑，但一点都不沮丧。自己嘲笑自己的缺陷，那些缺陷就不算什么了。她明白这一点，六岁的时候就明白。

我的心脏跳得飞快，骨架已经散了，股骨还有毛病。但是，如果能自己慢慢挪动，我就能靠近汽车，只要这样做不会让我伤得更重。我有只胳膊没有受伤，不是吗？我可以用这只胳膊矫正受伤的那只。受伤的那条腿完全没有感觉了，但我可以用另一条腿蹬着地前进。我能用没受伤的手抓着裤腿，拖着伤腿，那条腿那么快就不听使唤了。

有些事一定要做。

护栏立柱间的距离肯定很大。很奇怪，我居然从来没注意过。如果汽车撞到了栏杆，方向一定会偏。但是没有，汽车从护栏的间隙里冲了出来。我当时就有犯了错、倒了霉的感觉，我记得。但是，那条路我那么熟悉，我在上面来回走过无数趟。我住在山上，我的床也在山上。我希望现在能躺在自己的床上。我和哈利选中这栋房子，是因为“生活在峡谷上”的感觉让我们心动。我们对这个地方一见钟情。我们付款之前，哈利用手指摸着门，画了一个叉。“这是我们的了，”他说，“你不觉得这房子就是为我们准备的吗？”当然，我确实这么想。我们就应该属于这里。透过房子前面的窗户，可以俯瞰小镇；透过后面的窗户，可以看到峡谷的边缘。道路的尽头有个大花园。山顶上一共有四栋房子，我们家是第一栋。

我的车不在车道上，会有人注意到我失踪，然后报告的。但是我的邻居都知道我去了伦敦。整个小镇的人都在《维纳河时报》上看到了女王发给我的邀请函。那张照片我不喜欢，是摄影师从侧面抓拍的，我还没来得及抬起下巴，所以照片上我有些显老，像个古怪的老太婆。

一只乌鸦飞过来，在高高的空中呀呀地叫着。

喂！喂！有人吗？

我不想待在这里，但我怎么起来呢？我完全动弹不了。

这么说等于认输。

好吧，我不是认输，我只是受伤了。我想要条毛毯，垫在头下面，这样我就能感觉好一点。

至少，我想起自己是谁了。

那么，乔姬，动起来吧。让自己动起来。

我会的，不过我要先休息一会。只需要一会，一会就够了，休息。

7

天主？你在吗？你在我身边吗？

我梦到自己飘向天空，但事实是我一落千丈，跌到谷底。没人能看见我的汽车。哈利选中黑色，因为他觉得黑色的汽车看起来高档。虽然我不想说他坏话，但傲慢，是七宗罪之一。买车的第二年，哈利死了。但他的死和这辆车无关，天主啊，你应该知道。

你要让我死在这峡谷里吗？你已经安排了很久？如果是这样，我坠下山的时候，你为什么又要宽恕我？毫无警告的惩罚真的很可怕。

我有段时间没和天主沟通了，我知道。上次在教堂早祷告的时候，我咳嗽发作，只好坐到最后一排座位上。祷告没结束，我就离开了教堂，之后再没有去过。菲尔每个礼拜天在养老院里的小教堂做礼拜，我就不需要接送她了。说实话，一个人的时候，我从来没想过去教堂。

我肩膀上应该有轮胎的印子。我的身体都快散架了，但我没感觉内脏有什么大碍，这真是个奇迹。我肯定遍体鳞伤、血迹斑斑，但我看不到。

乔姬，不要胡思乱想，你在和天主对话。也许祷告有用呢。任何祷文都有用。试着回忆《信经》[①]吧。

过了一会儿。我盯着天空，集中精神。天上什么也没有，只有一大片云，遮住了大部分光线。还是天已经黑了？

来吧，试着祷告吧。

我信全能的天主父，
天地万物的创造者。[②]

你第一眼看到某样东西时，往往会看不清楚。一块粗糙的岩石，比我的上臂还长，深深陷在巨大树根上腐烂的地方。那边还有些光滑的石头，手掌大小，服帖地嵌在凹窝里，像是被特意安置在里面似的。树根还好好地活在地下的时候，肯定已经设好了这些陷阱。树根在这些冰冷、坚硬的石头中生长得很慢吧！然后，树根掘出地面的时候，这些石头作为树根的一部分，也被带了出来。

我信全能的天主父天地万物的创造者我信父的唯一子我们的主耶稣基督……

脑子太累了，什么都想不起来。还是个孩子的时候，我不明白，为什么整个教区的圣公会教徒都要面朝前方，宣布自己信仰天主教。父母的祷告书上写着——Catholick。

---

① 基督教权威性的基本信仰纲要。

② 《宗徒信经》第一条。《宗徒信经》是当今教会中使用最普遍的一篇信经，全篇共十二条。

圣天主堂

罪徒相通——肯定应该是“圣徒相通”

我的脑子停转了。肋骨和屁股卡在加拿大地盾[①]里，周围传来树木呻吟、呼吸的声音，也许，这些声音是我自己发出来的？

《尼西亚信经》！又一篇信经突然闪现，文字在头脑里飘来荡去。外祖母说过，我记住的东西像刻在石板上的字一样牢固。但好记性也是痛苦的根源。

天主也许会派人到这个深渊里来找我。

这里如此阴暗，恐怕不会。

啊，夜色降临了，像一张黑幕。

---

① 又称加拿大高地区，是北美洲板块最坚硬、最稳定的核心，也是加拿大的地理核心。

8

早晨的阳光抚摸着我的头发，我知道，我还活着。我侧过头，同一缕阳光又照到我的额头上，多么温暖，我感动得想哭。我有一只胳膊、一条腿不能动了。那其他部件还有什么用呢？既然所有胳膊和腿都是连在一起的。

有鸟飞过。又是乌鸦，孤零零的一只乌鸦。

是我！我是乔姬！派人下来！我在峡谷底下。

如果没有人看到呢？你不该换个位置吗？

我想我已经挪了一点了。无论如何，肯定有人开始留意了。凯斯时常开车上山送邮件、看房子。但她什么时候来？多久来一次？她不是每天都来。来的路上经过护栏，她能看到压扁的灌木丛——这是发生过暴力或意外事件的痕迹。但她会不会懒得往路边看呢？她总是行色匆匆。

一时间我回答不了这么多问题。我甚至不知道今天是什么日子。我收到了王宫的邀请函。女王和我同一天生日。

乔姬，你不是有手表吗？看看今天是几号。

我会调手表上的时针和分针，但一直不知道怎么设置日期。这块手表是我们“隆重”旅行时，哈利在日内瓦买给我的。哈利自己就是个珠宝商，他的瑞士同行调表的时候，他要我注意看。我承认我没注意那些演示。我唯一感兴趣的，就是这块手表的表盘足够大，能让我看清楚时间。

我和哈利的兴趣完全不同。他收藏的所有专辑中，他最喜欢特里萨·布鲁尔，但强戈·莱因哈特[①]才是我中意的类型。所有人都觉得我和哈利不合适，但我们彼此相爱，有自己相处的方式。说到强戈，要感谢凯斯的丈夫赖斯。赖斯是爵士吉他手，他到山上来的时候给我带了礼物，就是强戈的老歌。从那以后，强戈的歌声一直陪伴着我。

你扯得太远了，乔姬。看看手表。

那好吧。我的眼镜肯定在什么地方。在手提包里，也可能碎了，断了。我开车的时候没戴眼镜。

汽车从悬崖上掉下来的时候，我在想什么？

我的手表要坏了。

这可不是小事，可能是我最不愿意看到的事。人们总是追求奢华的东西；然而，这块表对我来说别有意义，它是哈利送的礼物。我不戴眼镜也能看清楚表盘上的指针。但是，它们不走了。

在峡谷底下，时间似乎失去了意义。

戴上你的眼镜。

没用的。无论如何，眼镜都找不到了。

找不到了？什么意思？

① 强戈·莱因哈特（Django Reinhardt，1910—1953），法国音乐家，爵士乐史上最负盛名的传奇吉他手。在十八岁时的一场火灾中失去左手的小指和无名指，但独特的指法令他自成一家，他也因此被称为“三指琴魔”。

我的意思是，我累了。我什么都想不起来了。

你！居然什么都想不起来了。

我应该试着挪过去吗？

外祖父的第一条原则是什么？

治疗的首要原则是休息。要休息，很容易。

回忆过来，回忆出去。你可以慢慢挪到那边，不用急。

那边？有多远？从悬崖上坠落的时候，我确信自己是飘着的。我看到了透明的叶子，那棵玻璃树。我外祖父继承了这个装饰品，他去世多年后，又传给了我。丹姥姥希望我来保管。我听到玻璃破碎的声音；碎片散落在地板上。

你在发抖，乔姬。你冷。把大衣裹紧点。保持镇静。

我的大衣是敞开的，不过里面还穿着羊毛开衫。母亲希望我到伦敦后，帮她买副猪皮手套。我去养老院和她告别的时候，问她想要我带什么回来。她瘦小的身体坐在助行器上，肩膀明显耸了出来。菲尔上次测骨密度是什么时候？虽然我和她一样，身体都萎缩了，但我和她说话的时候，还是要俯下身去。她抬起头，说："给我带副猪皮手套。"

"你住在养老院里，什么时候用得着猪皮手套呢？"

她啧啧作声，似乎她生下我快八十年后才发现，我毫无用处。"你刚才问我想要什么。"

"那你想要什么颜色呢？"

"猪皮色，还有其他颜色？"

哦，妈妈。那一刻我是爱她的，但她是怎样一个母亲啊。她最会回避问题了，但从来不会放弃自己的要求。她是养老院里唯一的百岁老人，她形容自己是"爱德华时代的人——名副其实的"。我相信，她长寿的原因是她瘦小却结实、灵活。她一直推着助行器，是为了保持平衡，离开助行器她也能自己走动。另外，她个头不高。她遗传了家族的矮基因，而我，遗传了高的。

她还是个潜行者，能进入你的思想。我这一辈子，她一直徘徊在我的思想边缘。现在我八十岁了，在她面前还是个孩子。也许，这才是母女相处之道。也许，她也潜伏在艾丽的思想里。艾丽住得那么远，可能对这个免疫了。如果能离开这儿，我会给我的姐姐打个电话，问问她。

如果能离开这儿。

不要往坏处想，乔姬。你还活着。

确实如此。但是，我错过了和女王共进午餐的机会。只有我一个人缺席。王宫内务部会不会悄悄地撤去我的刀叉、银酒杯和椅子？

有时我对着空气和伊丽莎白讲话，虽然她从未听到过我说什么。我留意到，我们的人生经历一直都差不多。我开始满怀喜爱地叫她莉莉贝特[①]，把她当作和我一起成长的伙伴。有一次，我甚至近距离地看到了她。那还是不久之前，她在加拿大，要去隔壁城市新建的农业学院出席启动仪式。她乘坐的房车在警察护卫下从渥太华过来，中途必经维纳河镇，从罗斯路和主街的交叉路口通过。一个警察站在街角的行人前面，试图拦住我们。看到女王的房车过来，我从警察的身旁瞄过去，看到女王就在那儿。她坐在后座上，对着我挥手，仿佛认出了我这个老朋友，又仿佛听到了我这些年对她讲的话。她满脸困惑：*看看我们今天在什么地方。*

好，看看我今天在什么地方。嘴干，舔起来像是干涸开裂的土地。今天是莉莉贝特的生日吗？是谁缺席了女王的宴会？我很想

---

① 现任英国女王伊丽莎白二世的昵称。

赶去王宫，如果有人能扶我起来的话。

我们家的人历来不喜欢抱怨。我要坚强。坚强，丹姥姥喜欢这个词。我要制订一个充实的计划，不给自己留下半点自伤自怜的时间。

但是，不管我愿不愿意，各种想法纷纷冒出来。家人的模样像张张卡片在脑子里掠过，家族的历史浮现在眼前。谁死了？谁还活着？如果你的母亲和我母亲一样老，你也会想了解自己家的故事。结局是什么，我不敢肯定。人死了，带走他们的秘密、他们的爱、他们的痛。历史会被改写。我知道凯斯还没有花时间去听这些故事，但也许有一天，她会想知道自己先人的事情。

比如，谁能预料我会夹在五十岁的女儿和一百零三岁的母亲之间呢？就像个三明治，一边是女儿，一边是母亲，她们都有自由又自在的一面。而我被粘在中间，动弹不得，就像抹在面包上的奶酪。凯斯爱上了爵士乐手，菲尔爱上了我的父亲——镇上的一个绸布店主。我选中了哈利，一个珠宝商。我和菲尔、凯斯不是同一代人，但我们一脉相承，割也割不断。

9

我被困在这里，自言自语，一只甲虫在我背上爬来爬去。我是菲洛梅娜·丹福思和康拉德·霍姆斯的女儿。康拉德——Conrad——以C开头的。一九四五年，父亲大病一场，在艾丽结婚后不久就死了。父亲的绸布店在维纳河镇的主街上，镇上的每个人都叫他霍姆斯先生，甚至自家人也这么叫他。我们去店里帮忙的时候，也经常这么说——“让我问问霍姆斯先生”、“我要和霍姆斯先生说一声”。父亲已经过世很久，他的吼叫声我也记得不是那么清楚了。没错，他总是吼叫，起码在我的记忆中是这样。父亲总是戴着一个黑眼罩——蒙住的那只眼睛在他还是个孩子的时候就被树枝戳瞎了。我从没见过父亲家的其他人，甚至我的母亲都没见过。父亲有次说起，他的老家在古镇。他转过身去的时候，我看到他唯一的眼睛里饱含泪水。对我来说，古镇是个很模糊的概念，就像英格兰北部，或许是威尔士的某个煤矿小镇吧。父亲是独子，他的父母在我和艾丽出生前就去世了。在某些方面，霍姆斯先生算得上镇里的神秘人物。

我们家的女性都理所当然地认为，她们会比自己的男人活得更长。这一点也在不断得到证实。我比哈利活得长，丹姥姥比外祖父活得长，外祖父是个医生，在第一次世界大战时就死了。菲尔已经比父亲多活了六年，虽然她随时都会晕倒，这让大家很担心。即使住在养老院，她自己也很注意，激动时还是会跌倒。王太后比自己的丈夫活得长，维多利亚女王比阿尔伯特活得长，玛丽王后比乔治五世活得长。事情总是如此。

我的家人都是“独一无二”的——我有一个母亲、一个父亲、一个姐姐、一个侄女、一个姨妈、一个姨夫、一个外祖母、一个丈夫、一个孩子。我唯一的孩子，凯斯德拉，还好好地活着。我们总叫她凯斯，从一开始，她就喜欢我们给她起的这个名字。

哈利也是“独一无二”的——他没有家人，起码我们这么认为。他生在英格兰，和我结婚时，他那边也没有亲人到场。

丹姥姥是助产士，一九二六年四月二十一日，是她最后一次合法接生——帮菲尔生下了我。规定改了，地方也颁布了法律。之后她也接生过几次，但都是在找不到医生的情况下。我在慢慢长大，从我会说话，我就知道，约克郡的伊丽莎白公主和我同一天来到这个世界。我的姐姐比我大两岁，这一辈子，我们都相互依靠：艾丽和乔姬，乔姬和艾丽，两姐妹。

要到那边去！我已经尽力拖着受伤的腿向前挪，但只前进了三四英寸。没有止痛药。每前进一点，我都感觉更痛苦。我不会说自己疼得无法忍受，因为我别无选择，只能忍受。

我忍得越发辛苦。

那就说出来吧，乔姬。

死亡。黑暗。我的生活曾是一片黑暗。我努力不陷入那些往日的阴影里，但它们就在那儿。我知道，它们就在那儿。

生活让你有所得，生活也会让你有所失。

我绝不能想不吉利的东西。如果能挪到汽车旁边，就一定能找到有用的东西。绷带。急救包一直都在后备箱里。就算我能到那边，我要用绷带固定什么部位？用一只手又怎么固定？右边的手臂不能动了。好胳膊，坏胳膊；好腿，坏腿。膝盖也受伤了，但起码能活动，能弯曲。我感觉自己的身体异常沉重，比我所知的体重要重得多。洗完澡后躺在浴缸里，水从身边流下去的时候，就是这种感觉。

乔姬，如果你完全感觉不到自己的身体，那才更值得担心呢。

没错。

虽然距离不太好判断，但似乎离汽车并不远。我感觉自己上下颠倒。各种想法零零碎碎，像那些玻璃树叶。

我努力回忆汽车里前前后后都有什么。我的手提包、凯斯的礼物——塞在礼品袋里的橙色纸。我从车里飞出去的时候，看到礼品袋掉在了什么地方。我的行李箱，在树上。所有东西都变换了位置。

我也被变换了位置。我必须调整我的思绪，校正我的身体。如果头脑能自我校正，身体也能。我可以想象自己正坐着、站着，而不是在爬峡谷边的悬崖。我做不到。

做不到？

凯斯还是个孩子，圆圆的小脸蛋仰视着我的时候，我是不是说过“永远别说做不到”？

这话是谁说的？

我们家四代的所有女性，都这么说过。

胫骨

10

一定要逼自己想些什么。也许我选错了祷告词。我认为，《信经》向来是那么一本正经，主祷文就不一样。

童年时的祷告。坚硬的安大略省石材。维纳河路上坚固的乡村小教堂。每到礼拜天，我和艾丽牵着手，小脚丫紧跟着丹姥姥、菲尔和霍姆斯先生的步伐，走进小教堂的侧廊。我们走到教堂右边第三排长椅，丹福思家世代都在这个位置向天主交账。丹姥姥带领大家祷告，她跪下祷告前，总要回头向狭窄的房间瞟一眼。后面跪着的大多数会众都被丹姥姥打过屁股，才开始来到人世后的第一口呼吸。我想，丹姥姥把我们都当作自己的孩子——丹姥姥是助产士，是她修长的手指将我们带到这个世界，是她温柔的双手蘸着碟子里的橄榄油为我们涂抹身体。

我们站着念诵《宗徒信经》，念到某一段时，大家会一齐低下头，我等着那个时刻。我眯着眼，视线里是一排排低垂着的头。丹姥姥又高又瘦，穿着齐脚踝的灰色平纹大衣。她低头看着我，摇了摇头。我明白她的意思——提醒我别再左顾右盼，她希望我和大家一起祷告。我努力收回心思，尽量不去想会众被丹姥姥打过的屁股，也不去想如果他们的内裤突然掉下来，露出光溜溜的屁股，会是什么光景。

我们念诵主祷文时要跪下来，首先要放下活叶跪板，礼拜结束后，再把它翻回去。我喜欢跪板的机关，喜欢坐在一张长椅上的人一起把跪板翻下来。这个过程中要默默地合作，要把握时机，还要用眼神和手势交流。跪板渐渐模糊，看不见了。跪板消失的时候，我仰望天空，为已经去世的外祖父，轻声念着结构决定功能，心里想着，他要是也能坐在那张长椅上，该有多开心。外祖父有三个伟大思想，结构决定功能这个原则就是其中第二个。外祖父把它记在《格氏解剖学》的扉页上。

没法见到外祖父，是我童年时最大的遗憾。外祖父马蒂亚斯·丹福思在维纳河镇出生，但后来去了多伦多学医。一九〇〇年，充满希望的新世纪开始时，外祖父回到维纳河镇，和他心爱的女人结了婚——那个留着黑色长发、名声完美无瑕的助产士。他上学的那些年，这个女人一直在等他。外祖父去了镇上新建的三层楼的医院上班。维纳河镇正在发展，人们不再用木板铺路，路面上的杉木板也逐渐被换掉。外祖父的父母都已去世，他继承了丹福思祖屋，和自己的新娘一起搬了过去。他们结婚时同龄，都是二十五岁。婚后外祖父亲昵地叫外祖母“丹妮”，丹妮出了名地爱好园艺，尤其喜欢黄玫瑰。

很多年里，外祖父一直骑马或坐马车在祖屋和维纳河镇之间来回跑。直到一九一三年，他买了第一辆汽车，酒绿色的T型车，绰号“大公鸡”。外祖父把乡下白色祖屋里的图书室改造成了诊室，因为不管他愿不愿意，总有病人到家里找他。外祖父在诊室里放了一张皮面检查床和一扇格板屏风，病人可以在屏风后面脱衣服。外祖父去镇里的医院上班，接受电话出诊，还在自己家里的诊室接待病人，他一定梦想过成为专业人士的同时也做个乡绅。但就在外祖父买了“大公鸡”两年后的一天，他打开低矮车棚的双开门，把T型车开进去，吩咐丹姥姥经常帮他擦一擦，就去了前线。外祖父比大多数军医年长，更是比所有那些需要他照顾的士兵都年长，但他立志要履行自己的职责。前线的伤亡名单不断传来，外祖父不能容忍那些需要截肢的十九、二十岁的大男孩还没来得及送往后方就在急救站流血而死。他有技术，希望那些伤兵在极恶劣的条件下仍然可以得到诊治。

外祖父在维纳河镇车站坐火车离开，医院员工为他送行。那是一九一五年，他和丹姥姥四十岁，有两个女儿，一个是我的母亲菲洛梅娜，他们叫她菲尔，还有一个是母亲的妹妹弗蕾达，大家都叫她弗雷德。

之后，一九一五年到一九一六年之间的故事是一片空白。外祖父和丹姥姥那时肯定有书信来往，但我从没看到过他们的信件，虽然我一直很想看。丹姥姥不喜欢别人知道自己的事情，她一定在去世前抹去了和已逝爱人有关的所有痕迹。

下面这些是母亲告诉我的。一九一六年冬天，在法国的索姆，一个士兵腿部受了重伤，被送到前线急救站。这个士兵来自我们小镇，正巧我外祖父就是负责这个急救站的高级医务官。外祖父非常熟悉这个年轻人，像父亲问候儿子一样问候他。经过外祖父治疗之后，这个年轻士兵被放到担架上。他还在痛苦中，但很清醒。他答应外祖父，从英国本土回家后，就去拜访我的外祖母。为了和这个年轻人多聊一会儿，外祖父走出急救站。就在抬担架的人开始往后方走，外祖父准备回急救站时，一枚炮弹在入口附近爆炸了。士兵活了下来，带着一条假肢回到加拿大，讲述了这段故事，而外祖父被炸成了碎片。

一九一七年，这个士兵在受伤整整一年后，也就是外祖父的忌日，带着假肢来到丹福思祖屋，想给丹姥姥讲述她丈夫的最后时刻，还有被炮弹炸死前说的最后三句话——“如果我回不去，告诉丹妮，她永远是我一生的挚爱。告诉她，我别无选择。我必须尽我所能。”

丹姥姥站在门口，专注地听那个士兵讲那些深深印在他记忆里、已经藏在他心里整整一年的话。这个士兵又伤心地说道：“医生一定早有预感，那里随时随地都会有人死去。”

丹姥姥从容地听他说完，记住这些话，然后带士兵进屋，给他一杯茶和一片战时蛋糕[①]。蛋糕是她一早做的，因为没有烹调油，她拌了些培根的油脂进去，希望姜和丁香能掩盖住培根的味道。丹姥姥没有哭。自从前一年收到带来丈夫死讯的那封电报，她就变得沉默寡言。

前一年——也就是一九一六年——的那封电报和丹姥姥为什么裹腿有关。她每天用绷带包裹两条腿，直到她去世。我还是个孩子的时候，弗雷德姨妈给我讲了这个故事。

电报送过来的时候，弗雷德姨妈十一岁，菲尔十三岁，她们都上学去了，只有丹姥姥一人在家，送电报的人叫布瑞尼·纳普。

弗雷德姨妈一辈子都对花粉过敏，讲这个故事的时候她正鼻塞，带着鼻音。她最后嫁给了一个男人，也叫弗雷德，所以我和艾丽叫他们弗雷德姨妈和弗雷德姨夫。弗雷德姨夫经常说：“我的弗雷德鼻音那么好，都能做乡村音乐歌手了。”这句话让姨妈非常生气。不过，我倒觉得姨夫说得有道理。弗雷德姨妈和姨夫从

① 之所以叫“战时蛋糕”，是因为这种蛋糕里没有鸡蛋、黄油或者牛奶，这些都是战时短缺的物品。

结婚开始就整天吵个不停，但他俩深深相爱。他们为了各种事情争吵——窗框应该推上去还是放下来，谁把卫宝肥皂的肥皂泡留在了吧台上，冬天牛奶瓶中浮出的乳脂应该撇掉还是搅进去。弗雷德姨妈说："再吵再闹，我们也会过下去。"似乎这样说就能逃避家人的批评。但没有人批评他们，包括我在内，我一点也不怀疑他们的爱情。

弗雷德姨妈这么讲述了丹姥姥的故事。布瑞尼·纳普是镇上的邮差，他出生时腿先出来，是丹姥姥把他从娘胎里拽出来的。那天布瑞尼骑着自行车出城，拐到丹福思家的车道，看到丹姥姥正拿着把斧头，在后院的门阶旁劈引火用的木柴。丹姥姥看到布瑞尼停下自行车，向自己走来，没等布瑞尼把电报递过来，她就猜到他带来了什么消息。因为走了神，丹姥姥手里的斧头刃面向下挥到了自己的右腿上，劈开了骨头上的皮肤，砍到了胫骨上。听过这个故事，我就对胫骨有了一份带着阴郁气息的偏爱。

砍到自己的胫骨后，丹姥姥没有哭喊，倒是布瑞尼发出了令人毛骨悚然的尖叫。丹姥姥吩咐布瑞尼到房间里，从厨房的晾杆上拿条亚麻长毛巾出来。布瑞尼丢掉电报，冲进房间。这时，丹姥姥从地上捡起电报，拆开的时候，电报纸已经被血浸湿了。因为两个女儿都还在学校，能帮助丹姥姥的只有布瑞尼了。他把毛巾从晾杆上扯下来，又跑出房间的时候，丹姥姥已经从门阶爬到了厨房门口，爬过的地方草都被压倒了，满地是喷溅出来的鲜血。丹姥姥用长毛巾裹住自己的腿来止血，命令布瑞尼把头埋在两腿中间深呼吸，因为他都快昏过去了。外祖父的死讯和外祖母的意外让布瑞尼伤心不已，他认为外祖母受伤都是因为他带来了坏消息。丹姥姥把电报拿进了屋里。

丹姥姥对带来坏消息的布瑞尼毫无怨怼，但从那天起，她绝口不提外祖父的死。至于她的胫骨，因为得了慢性骨髓炎，所以伤口恢复得很慢。丹姥姥用草药敷了几个月之后，伤口才不再渗血。她没有进城找丈夫的同事治伤。伤口不再渗血后，她把长条棉布撕成两英寸半宽的绷带，用这些绷带把伤腿和好腿都裹起来。丹姥姥把自制的绷带叫作“棉布条”，每天都把它们裹到腿上，一直到她去世。

丹姥姥收到这封电报十五年后，我终于看到了她没裹绷带的腿。这十五年里我和艾丽出生，我们一家也搬到了丹姥姥在乡下的房子。我和丹姥姥每天都最先起床，其他人下楼吃早餐前，丹姥姥已经把腿裹好了，她这么做的时候，允许我在一边看。裹腿时，丹姥姥先把绷带缠在脚踝上，然后向上一道道裹起来，直到膝盖，再把褐色的莱尔棉线袜穿在绷带外面。丹姥姥把她当年结婚时用过的吊袜带拉到大腿上，然后把袜口卷下来，盖住吊袜带，最后用衣服把袜子和吊袜带遮住。

丹姥姥只在每天早晨的片刻让两条腿见见光，我却看到过她两条腿上斑驳的褐色斑块。一天早上，我鼓起勇气，看着她的眼睛问：“我能摸摸你的电报伤疤吗，丹姥姥？”她看了我一会儿，靠到椅背上说：“可以。”我伸出两根手指，放到斧头留下的伤疤上，果然是很惊人的疤痕，像一条扭曲的静脉，爬在丹姥姥的腿上，而且已经钙化，顺着腿的方向牢牢贴在大腿外面。这条腿和外祖父医学书上的所有图片都不一样。我没有告诉艾丽丹姥姥让我看了她的腿，尽管我觉得艾丽不会嫉妒，她有自己感兴趣的事情。

穿好袜子后，丹姥姥的腿面看起来就很光滑，完全看不出有疤痕。一圈圈绷带没有重叠，也没有褶皱。丹姥姥穿着黑色的系带鞋，鞋和衣服下摆之间也不会露出半点肌肤。每隔一天，她会拿出拴在水槽后面板上的铁丝肥皂盒，用里面的菲尔斯-纳普撒牌肥皂洗她的棉布条绷带。她把绷带挂在绳上晾晒，我放学回家要做的工作就是把它们收进来。冬天，绷带会冻在晾衣绳上，我把它们扯下来，像扛着宝剑一样扛在肩膀上，把这些冻成冰棍的棉布条靠在屋里的墙上。过会儿，棉布条解冻，皱缩，然后悄无声息地落到地上。

丹姥姥每天都把头发绕成发髻，用她能买到的最大的发卡夹住。就算在夏天，她也披着带流苏的黑色披肩。按她的意思，这条披肩后来留给了我。尽管我一直保留着这条披肩，它还是破成了丝丝缕缕。但我实在不能说服自己丢掉它或者把它剪掉做掸子。

现在丹姥姥的披肩有用了。我已经感觉到地面上的寒意了。外套可以保暖，还有羊毛开衫。这件开衫是我和哈利旅行的时候在奥地利的蒂罗尔买的，紧缩羊毛织成的，很紧实。唯一的问题是，开衫是绿色的，外套也是绿色的，也就是说，我不太容易被人发现，而且挡住我的树枝上树叶繁茂，我完全被周围的环境掩盖了，永远没人能发现我。

现在，一抹阳光温暖着我的脸颊——来自太阳神的恩赐。就像弗雷德姨妈经常说的，“这足以让你流泪。”

但你不能流泪，乔姬。流泪有什么用呢？做些什么救自己。继续移动。到开阔地去。舔开衫的纽扣。

我在什么地方看过，舔纽扣可以流口水。缺水的时候，身处险境的时候，可以靠口水解渴。

你现在就身处险境。看看四周，看看你在哪里。

我渴，嘴很干。开衫的银质纽扣上印着一个王冠。王室纽扣。莉莉贝特可能也有这样的毛衣。我能摸到上面三粒纽扣，也许还能摸到第四个。我用左手把这些纽扣拉到嘴边，包括最下面一个，虽然这个和上面几个没什么区别。纽扣似乎没什么味道。我还没想过食物，现在只想喝水。一滴水就能救我，一点口水就能让喉咙舒服很多。

结构决定功能。舔纽扣。你会得救的。不要激动。

我没有激动。激动又有什么用呢？但我平静不下来。血管里可能已经生了血栓，而血栓是致命的。我要把腿抬起来，那条好腿。另一条已经是没用的拨火棍了。能透过裤子看到里面受了什么伤就好了。如果艾丽在身边，我们会大声笑起来。有一次课间休息时，我们在单室学校外面玩，一个大点的男孩对我们说，他父母有本书叫《夹钳、炉腿、拨火棍》[①]。我们身边的孩子都哈哈大笑，我们也跟着哈哈大笑。我们不知道他说的是什么意思，只是觉得他说得很滑稽。我们都要笑疯了。我们在丹姥姥的厨房里大声说这件事的时候，马上被赶回了自己的房间。

丹姥姥的房子，丹姥姥的规矩。当时是一九三二年，菲尔和霍姆斯先生带着我们从两英里外的维纳河镇搬到菲尔小时候的家——丹福思祖屋之后不久。以前，我和艾丽只要听他们俩的话，现在，又多了个丹姥姥，有三个人管着我们了。

---

① lifter、leg、poker字面意思是木炉的三部件：夹钳、炉腿、拨火棍，但lift、third leg、poke又分别有翘起、阳具、插的意思。

11

父母要全家搬去和丹姥姥一起住，是因为丹姥姥下定决心，不再独自生活。从外祖父离开家去前线算起，已经十七年了——这十七年对她来说何其漫长，所以我们答应搬过去陪她，她很高兴。我们是至亲，所以，照顾丹姥姥是我们的责任。那时，我六岁，艾丽八岁。

沿着一条叫“国王大道”的公路往西一百六十英里，就到了弗雷德姨妈和弗雷德姨夫的家。第一次世界大战前，弗雷德姨夫在奥匈帝国出生，十五岁时从新国家奥地利[①] 移民到加拿大。他经常告诉我们，他是多么幸运——因为年龄太小，没有被送到第一次世界大战的前线，还在之后的动荡里保住了性命。最后他留在我们这座安大略省的小镇上。他追求弗雷德姨妈，娶了她，然后在铁路上找了份工作。这么多年过去，要搬回维纳河镇对他们来说太不方便了。他们现在有自己的生活，还养着四个儿子，弗雷德姨夫也已经升职到督察，上班时穿白色的制服衬衫。

① 第一次世界大战末期，奥匈帝国分裂为多个民族国家，奥地利是其中之一。

我和艾丽喜爱弗雷德姨夫。他擅长讲故事，会讲黄色笑话，还相信世界上有鬼。不过我们也知道，如果他的儿子干了坏事，弗雷德姨夫会把他们的头按到外面的压水井龙头下面。有一年夏天我到他们家，就看到他这么对付他们家老大。弗雷德姨夫不停地压啊压，最后压水井发出一声巨大的抽气声，水从地下涌了出来，冰冷的井水全淋在大表弟脖子上。虽然我很喜爱弗雷德姨夫，但因为这件事情，我倒很庆幸他不是我们的父亲。我们的父亲霍姆斯先生有其他毛病，他会大喊大叫——不过只在夜里，他做梦的时候。

外祖母没有搬到镇上和我们一起住，没人会觉得奇怪。我猜我的父母是觉得她这辈子失去的已经够多了，她已经失去了丈夫，不该让她再放弃自己的家。

丹姥姥乡下的房子不是很大，但有一个挑高的图书室、一个封闭阳台、一间小客厅、一间大厨房，里头有个带窗户的储藏间，另外还有个厨房是夏天用的，到了冬天就关门不用了。楼上有三间坡顶的卧室，我和艾丽住一间，同睡在一张大双人床上。整栋房子像风箱一样，轻轻地低语着，呼吸着。房子里有放久了的苹果的味道，有祖先的灵魂走过走廊、敲击墙壁的声音。楼下的客厅里有一台巨大的落地式收音机，收音机前面有胡桃木的格栅，还有一个专门的短波刻度盘。我和艾丽听着嘀嘀嗒嗒的电报声，想象着搁浅在海中的船只正在发出求救信号。

除了房子，丹姥姥还有一大片地，租给了隔壁的农民莫特。莫特养猪和牛，用这块地种植牧草。外祖父停放“大公鸡”的宽棚子已经严重倾斜了。“大公鸡”已经上了年纪，但还能用。有几年，我父亲就是开着这辆车往返于祖屋和镇上的绸布店。后来有一天早上，有人告诉他，主街上的理发匠说他是“开便宜车的独眼龙霍姆斯”。在丹姥姥同意后，他卖掉“大公鸡”，买了辆二手车。

祖屋还有个附属建筑——一间小鸡舍。有段时间，丹姥姥养过母鸡和小鸡。那时候拍的几张照片里，有一张就是莫特站在丹姥姥旁边，倒拎着两只拧断了脖子、去了毛的母鸡。虽然丹姥姥叫莫特来干这个活，她还是穿着自己用面口袋缝的白围裙，上面沾满了鸡血。外祖母要拿这两只鸡给全家人做菜，自己却不肯杀生。

每周有两天——周三和周六，莫特会把装着牛奶和奶油的花纹陶罐放在祖屋的后门，当作和丹姥姥讨价还价的筹码。一九三七年，莫特买下那块地里狭长的一条。他本来想多买些，但丹姥姥坚持把一大半留在自己手里，为艰难时期作准备。当时如果卖掉那块地，足够我们宽裕地过上好几年。丹姥姥也想尽快把地卖掉，却很不情愿卖给莫特，因为有一次她看到莫特家的马“花花公子”停下来不肯走的时候，莫特居然在马肚子底下点火烧它。

后院里有一个巨大的马车轮，被人推进来后翻倒在石质土上。丹姥姥在辐条的间隙里种了黄玫瑰，她从世纪初就开始培育、繁殖这种黄玫瑰。院子里其他地方都种了蔬菜，一直延伸到矮石墙底下。丹姥姥六月出生，黄玫瑰总会在每年她过生日的时候开出第一朵花。为什么会有这样的巧合呢？我和艾丽一直都没弄明白。

外祖父没留下什么积蓄，但有一小笔抚恤金，而且房子没有贷款。我们搬进去之后，女人们操持家务，父亲忙着镇上的绸布店生意。大萧条的最后几年里，绸布店才开始不景气。之前，我们一家的生活还算过得去。

外祖父死后不只留下了一辆T型车、一个妻子和两个女儿，还留下了他的医学书。我们搬到丹福思祖屋的那天，我就发现了图书室里那些无人问津的书。除了房间中央的裁缝桌，丹姥姥基本没动图书室里的其他东西。一台脚踏式的胜家牌缝纫机抵着墙壁，挤在检查床旁边。靠着另一面墙壁的书架上摆着外祖父的医学书和其他书：十五卷本的狄更斯文集、列夫·托尔斯泰伯爵的作品、《阿奇博尔德·兰普曼诗集》、六卷柯南·道尔的作品、詹姆斯·费尼莫尔·库柏的《猎鹿人》、哈利特·比彻·斯托的《汤姆叔叔的小屋》。房间里最显眼的地方挂着一幅维多利亚女王的侧面肖像画。

从我进入那个房间，把自己关在里面的那天起，我就迷上了人体解剖学。我把书架上的书从头到尾瞄了一遍，然后搬下来最厚的那本，放在检查床被太阳晒得热乎乎的皮革床面上，翻开来看那些解剖图。那时我六岁，我真正迷上学习也是从那天开始。后来我发现，所有书里，我最喜欢的是那本一九〇一年版的《格氏解剖学》，也就是我从书架上拿下来的第一本书。后来我去图书室，看得最多的也是那一本。可以说那本书已经被我装在脑子里了。我还在那本书里看到了外祖父写的字，密密地、潦草地写在扉页上，正文的页边也写了一些东西。我努力想辨认出那些字。整个童年时期，我都在寻思外祖父的三个伟大思想——我自己总结出来的。

治疗的首要原则是休息。

结构决定功能。

第三个一定是后来写上去的，因为字体和前面的有点不一样，墨水的颜色也更深些。

学习是非同以往的行为。

也是外祖父的笔迹，但字更大，更潦草。我想他一定有很多想法，或者他已经学会改变自己的行为了。我那时候还小，但把这三个伟大思想当作他直接给我的信息，这些信息部分满足了我的窥探心理。

艾丽比我上学早，放学回家后她把学到的大部分内容都教给我。几年之后，我已经能大概读出书中的文字，但具体什么意思，我还是一点不懂。不过《格氏解剖学》最吸引我的是里面的插图。剖开的腹腔里的各种器官，分离出来的胸部肌肉，像藤木卷须一样伸展着、染了色的肩部动脉，龇着牙齿、没有鼻子的骷髅侧面图，都让我深深着迷。

我对自己说，我们身体里面就是这个样子。按着皮肤的时候，顶着我们手指的，就是这些东西。我想到和我一起生活在祖屋里的家人，丹姥姥的肾好好地装在肚子里，就在围裙带子下面；我的父母，菲尔和霍姆斯先生，甚至我的姐姐艾丽，走来走去，一点都看不出来肚皮后面是一圈圈盘起来的肠子。我一直思考着**展开**这个词。我自己的研究结果就是：身体中间的地方太小了，小到都要放不下自己的器官——肝、胰、胃、脾了。我认为，心脏占了太多地方，肺都被压扁了。切开的气管像被割开的水管。脂肪细胞看起来像弗雷德姨妈的钻戒，她在搪瓷盆里刷盘子时就把那枚钻戒摘下来。

《格氏解剖学》的书页上，面部和颈部的肌腱暴露在外面，如食尸鬼一般。翻过来的下巴和头上分离出来的肌肉非常吓人，让我想起格林菲尔德小姐。她一直都精神得很，在我们的单室学校教八个年级，教了几十年，丝毫没有要退休的意思，也没有找个年轻点、和善点的人来接班的意思。格林菲尔德小姐教过我们的母亲、我们的姨妈，然后守在那里，等着我和艾丽走进她的教室，那是一九三二年九月，开学的第一天。艾丽上三年级，因为她已经在镇上读过两年，而我只能上一年级。我研究过外祖父的解剖书，所以第一眼看到格林菲尔德小姐，我就想到了食尸鬼模样的颈部解剖图。

我沉迷于解剖学，丹姥姥是支持的，虽然她不再帮人接生，但她也许希望有天我能和她、和外祖父一样治病救人。她喜欢说：

“无论大事小事，都应该知道一些。”我和艾丽后来也常听她这么说。说归说，有些事情我们是从来不谈的。提到关于性的问题，我们身边的大人要么含糊其辞，要么缄口不语。霍姆斯先生回避这方面的任何话题，也许是受他影响，母亲也避而不谈。我从父母那里学到的还没我从外祖父的医学书里学到的多。

《格氏解剖学》里，生殖器官的图片很形象、很真实，我有一种冲动，要找人探讨那些令人费解的细节——卵巢、子宫、看起来很吓人的阴道，还有睾丸、前列腺、阴茎。因为这些都被称为“生殖器官”，有一阵子我还以为，只有生过孩子的人身上才长着这样的器官。最后，一天早晨丹姥姥裹腿的时候，我问起这个问题。她靠到椅背上，露出一种我从没见过的表情。一瞬间我突然看穿了她的心思，但她那种心思很快就消失了。丹姥姥回答我的时候，声音比平时柔和很多。

她说：“乔姬，女人的身体和男人的身体不一样，但他们的身体器官天生就是互补的。”这句话让我很困惑，男人的器官和女人的器官怎么互补呢？但我没有说话。“事实上，”丹姥姥继续说，“男人和女人的外形和身材生来就不一样。天主为人类设计身体时，就想好了要让我们女人的身体和男人不一样。”

我喜欢设计这个词，它足以回答我的疑惑。我也很高兴听到自己也成了“我们女人”的一员。但丹姥姥对这个问题的回答太一本正经，我也没什么兴致再问下去了。

我回去继续看解剖书，慢慢研究插图旁边的标注，这些标注指出不同器官的名称，像咒语一样。我不太确定生殖器官到底是干什么用的，但我本能地知道，我肯定还会有更多疑问。

所有插图中，我最喜欢的是那副直立的全身骨架，全是骨头，没有皮肉，顶着个光溜溜的骷髅。这个站着的现代人神气活现，似乎要摇着全身的骨头，大摇大摆地走到书页外面去。我认定他是个男人，给他起名“赫布利”。“结构决定功能，赫布利，”我说，“小心你的行为。”

从九月到六月，我们被逼着做的就是守规矩，阴魂不散的格林菲尔德小姐要求我们在那所乡村学校里严格遵守纪律。因为学校只有她一个老师，所有的科目都是她教，八个年级的学生也都在一间教室里。我们能听到其他年级学生的读书声，低年级的小孩也能看到黑板上留给高年级学生的作业。只要用心，跳级很容易。尽管这样，格林菲尔德小姐还是尽力让我们学得开心。她用各种办法，引导我们记住语法、拼写和算术。她唱歌、打节拍、用木头指挥棒敲地板，用她的话说，这样可以让我们“记得更牢”。她忙得团团转，但手中的指挥棒从来没有戳到自己的脚。

我们站在课桌旁，翻来覆去地念：“一加一等于二，二加二等于四。”扯着嗓子，声嘶力竭，“八加八等于十六，十六加十六等于三十二。”

格林菲尔德小姐教我们五大湖的名字时，带着我们念：“苏密休伊安，东渐入河湾。”[①] 她解释说，单词desert（沙漠）只有一个s，是因为我们穿越沙漠一次就够了；而dessert（甜点）有两个s，是因为我们吃甜点时都想要双份。英语是很多种语言经过很多世纪融合而成的，格林菲尔德小姐喜欢这样的语言。她讲到介词的时候，语气中都带着敬畏之情。她把这些词写在黑板上，让我们按字母顺序，用《山谷里的农夫》的调子唱出来。这首介词歌也要大声唱，虽然——歌词很拗口。

---

① 北美五大湖指的是美国和加拿大之间的五个淡水湖，从西向东依次为苏必利尔湖、密歇根湖、休伦湖、伊利湖和安大略湖，安大略湖的湖水向东经圣劳伦斯河流入大西洋。

About above across after
Against along among
Around as at before behind
Below beside besides

Between beyond but
By down during
Except for, from in into
Like near—next of off

On onto out over past round
Than through throughout till
To toward under unlike
Until unto up upon with
And without

最后一句是降调，但是我们憋着气，拼命喊出这两个单词，把它当作歌曲结束时的大句号——我们学《山谷里的农夫》时就是这么唱的。我不知道山谷是什么，只好回家查外祖父的词典，但这一点都不妨碍我学会这首歌。

我的记性还不错。

肋骨有些僵硬，但是应该没断。如果肋骨骨折，肯定会呼吸困难。屁股上的感觉，像小时候在冬天里坐在冻牛肉上。丹姥姥和母亲从莫特那里买来半扇冻牛肉后，让我和艾丽坐在上面，用我们的体重压住牛肉，她们好用横切锯把它切成一块块牛排。丹姥姥和母亲不想等霍姆斯先生从镇上的店里回来，因为她们知道：霍姆斯先生能做的事，她们也能做到。这两个女人从夏季用的厨房里把牛肉拖出来——这个厨房从十二月到三月是作为冷库使用的，放在铺了报纸的桌上，在牛肉上铺上很多层防水牛皮纸，再把一件旧大衣摊开盖在上面，然后让我和艾丽坐上去。她们锯牛肉的时候，我和艾丽颠上颠下，不时还被颠掉下来。我们嚷嚷着："还没锯完啊？能不能快点？屁股都要冻掉了！"

和我现在的感觉一样。屁股麻了，我要换个姿势。

坐在冰冷的半扇牛肉上，足以让艾丽讨厌冬天，但在这之前，她就梦想着住在气候温暖的地方。也许这是她从书上看到，或是从学校里听到的。艾丽坚信"南方"的冬天比安大略的舒服很多。我们从牛肉上爬下来的时候，她说："我们可以搬到南方去，乔姬。全家人都去。我们可以先租套房子，然后努力赚钱，做临时工，什么都干。大家凑钱买栋房子。"

"然后呢？"

"我们可以把新房子的一边租出去，另一边自己住。每个人都有事情做。生活就是这样的，你没发现吗？每个人都有自己的任务。妈妈一直管着家里的钱，她可以在房子里管书。霍姆斯先生负责保安，赶跑坏人，他可以给房子垒上栅栏，遮挡暴风雨。丹姥姥做饭。如果烧炉子太热，我们就给她买个电炉。不管谁生孩子，都去找她接生。我们四个表弟想来的话也可以。他们负责修东西。弗雷德姨夫监督他们工作，如果干得不好，就把他们的头按在压水井下面。"我们大声笑了起来。"晚上，弗雷德姨夫还能给我们讲鬼故事。

"弗雷德姨妈负责洗盘子，唱乡村歌曲给我们娱乐。我们无聊的时候，就看她和弗雷德姨夫打架。你负责劝架，还可以收拾桌子。”她补充了一句，似乎额外安排个合适的工作给我，就能说服我。“还有，如果有人骨折了，你也知道该怎么办。你给他们打上夹板，丹姥姥会用她的棉布条包扎好的。”

“那你自己干什么？”她给每个人都分配了任务，这让我很吃惊。

“我躺在太阳下晒得暖洋洋的，读书给你们听，还要为你们鼓劲加油。我画画，也许会拿我的作品去卖钱。”她转过头去。艾丽不喜欢冬天，但她有满满一抽屉彩色铅笔画的雪景画：我们的石头围墙，埋在层层的白雪里，但轮廓清晰可辨；倾斜的车棚上，堆积的白雪滑向低矮的一角；春天里的小溪，水面涨高了，覆盖着一层薄冰。

“家家都要有个大小姐。”母亲说道。她跪在煤炉前，准备烤牛排之前先掏掉里面的灰。她站起身，把掏灰扒子挂在钩子上。

没有人阻止艾丽，她制订自己的计划，增添，删除，调整。我不急着去什么地方，其他人也不急。六十年后，我亲爱的姐姐和她丈夫韦德·特里克收拾行李，搬去南方的佛罗里达，没有人比我更吃惊了。

肩胛骨

12

不管谁来救我，请快点啊！我没办法挪到汽车那边，虽然我很想。汽车就是庇护所，汽车就是避风港。汽车有喇叭，喇叭能救我的命。

鼓起勇气，乔姬。不要忧伤。只是时间问题。

我失踪了。我又老又僵。一个老僵尸。拜托，全身的骨头们，不要让我失望！

不久前，我才看过一则新闻——一个独居在乡下的女人一屁股摔倒，坐进自家的垃圾桶里，出不来了。她的头和手在外面，脚也在外面，但身体其余部分都被卡在垃圾桶里。几天后，这个女人被救出来了，她还活着。那种羞辱简直无法想象。

关于求生，我一定能想起些什么，书上有。我们有本求生手册，在家里放了很久。那小册子是哈利的。哈利死后，我随便翻了翻，就把它卖掉了。包住头和脖子，我只记得这一句了，可能是因为这几个字是加粗的。用什么包呢？很明显，这条建议是送给冬天被困在雪堆里的人的。

有一年秋天，礼拜六，弗雷德姨夫和弗雷德姨妈来看丹姥姥。我们坐在厨房里，丹姥姥说："我要死的时候，你们就把我带到荒山野岭，一枪打死我。"大人们都笑了，我和艾丽、四个表弟看着他们，不知道是怎么回事。丹姥姥不是特别严厉，但她很少笑。即使笑，也不发出声音，好像笑声都被她下巴上柔软的地方锁住了似的。

就在那天，我学会了系鞋带。和其他人不同，我一点都不觉得不会系鞋带是什么丢脸的事，一直不肯学。丹姥姥把我放在后门外的一张厨房椅上，要我老老实实坐在上面。我的表弟们都跑到莫特的田里去玩了。我的手指很笨拙，大拇指还帮倒忙。丹姥姥示范了两次，说："什么时候能打个结不松开，才能下来，小姐。你现在是大女孩了，一定要学会系鞋带，就是这样。"

我拼命想把鞋带系成一个蝴蝶结，强忍住失败的泪水。艾丽从房间里走出来，坐在旁边的台阶上给我打气。弗雷德姨夫推开纱门走出来，又拿出一张厨房椅。弗雷德姨夫长着一对大耳朵，他自己也会拿这个开玩笑，对我们说是*天主先生*让他长了这对大耳朵，这样不管他的四个儿子跑到哪里，他都能听到他们的声音。弗雷德姨夫用德语称呼*天主先生*，听起来好像*她的山羊*。[①] 弗雷德姨夫说，称呼天主为先生，就一定能吸引天主的注意。

弗雷德姨夫假装分不清我和艾丽，也许他是真的分不清。他一喊"姑娘"，我们都抬起头看着他。或许因为他有四个儿子，才喜欢喊"姑娘"。不过这没关系，他叫不出我和艾丽的名字，我们也不介意，毕竟，他没有把我们的头按在压水井下面。何况我们还喜欢听他讲故事。

---

① 德语中Herr Gott（天主先生）的发音类似于英文中的her goat（她的山羊）。

弗雷德姨夫坐在我旁边，把香烟放进嘴里叼着，然后拿出根火柴，在椅子底下擦了一下，下面就冒出一团火苗来，但一阵风吹过，把火吹灭了。他又点着了一根火柴，又被风吹灭了。火柴越是被风吹灭，他就越想点着，但最后，他还是放弃了。

“看到了吗，姑娘？这是天主先生给我的信号，”弗雷德姨夫指着天空说，“他知道我想戒烟。”他把没点着的香烟夹在大耳朵上，说：“我说话的时候，你继续系你的鞋带，我给你讲个故事。”

我把脚跷在椅脚横木上荡来荡去。我俯在鞋子上，打了个结。第一次尝试。

我永远忘不了那种喜悦，是胜利的感觉。我没有喊，也没有跑进房间让丹姥姥看。我学会了系鞋带，可以从椅子上下来了，但我没有。相反，我跪坐在腿上，在那儿等着。

弗雷德姨夫龇着牙笑了。“啊哈！姑娘，你看，你一直都行！”他看着我和艾丽，好像我俩是阴谋家。然后他开始讲故事了。

“那时我才八岁，比你们现在还小，我和我爸走路到萨尔察赫河岸边的一个小镇去。我老家的那条河蜿蜒、冰冷，美得让你想象不到。”他在空中挥了挥手，比画着他心目中的美景。“没修铁路之前，盐都是装船，从河里运走的。我妈让我带着面包、奶酪和香肠做午餐——是德国式的香肠。我们到那个镇子的时候已经是夜里，还下着雨。我爸在一个小旅馆找到了地方住。那个地方阴森森的，但是还有个空房间，在楼上，角落里。

“床很窄，但我们挤在一起躺下来，拖了床鸭绒被下来盖在身上。我太累了，一躺下就睡着了。后来我爸告诉我，他还没睡着的时候，就听到床后面传来很大的响声。那声音把我也吵醒了，我爸悄悄对我说：‘别说话，听……’我们躺在鸭绒被下面，那声音又响了起来，一阵阵扑通扑通的声音。我们背后什么都没有，没有窗户，没有百叶窗，藏不下人。我爸起来看了看床底下，床架在坚实的木头台子上，也没地方藏人。他回到床上，我们把被子拉到耳朵，拼命想再睡着。但这是不可能的，因为就在这个时候，床腿开始动了。整个床晃了起来——晃得那么厉害，我想我们就要被甩出去，掉在地板上了。我爸说：‘不要动，什么都别做，看会不会停下来。’又过了几分钟，床不动了，但接着我们听到嘭的一声，床又开始晃了。不只这样，我还感觉到有只手在推我的肩膀。我很害怕，肯定有人站在床边，但我们看不到有其他人。我爸肯定也吓坏了，因为他说我们应该从床上下来，睡在地板上。如果有什么鬼魂想要那张床的话，我们可不能和他们争。我爸把我们的外套放在门边的地板上，如果再有情况，就马上跑路。他还把垫着的毛毯拿下来，盖在身上。后来我们就睡在地板上，房间里也没动静了。

“早上，我们都快被冻僵了。下楼吃早饭的时候，我爸把夜里发生的事情告诉了旅馆店主。店主是个胖子，长着大肚腩。他皱着眉头说，角落里的那个房间有时会闹鬼。很久以前，两个男人在那张床上打架，一个男人被杀了。不久之后，另一个也死了，可他们俩的鬼魂还一直在打。他们不喜欢别人睡他们的床。店主说，这两个鬼几年没出现了，这次又出来，他很不高兴。我和我爸以后再没去过那个地方，我很高兴甩开那些鬼。但是我告诉你，姑娘，我躺在那里的时候，魂都要被吓掉了。”

弗雷德姨夫突然笑了起来。“别害怕，”他说，“这里没有鬼。如果鬼胆敢到这儿来，你们的丹姥姥会狠狠教训他的。”

这时，丹姥姥正好出来检查我的鞋带系得怎么样了。她一定听到了这个故事的结尾，因为她说：“你最好别吓唬这些姑娘，弗雷德。”但已经太晚了。很长一段时间，因为怕祖先的灵魂把我们的魂吓掉，我和艾丽天黑后就不肯上楼，尤其到了晚上，大人们都围着楼下的收音机听广播剧《内在圣堂》，阴森恐怖的嘎吱嘎吱开门声传出来的时候。

杂乱的灌木丛中传来沙沙的声音。我的右肩完全变形了，我都不敢去想骨头会错位成什么样子。我很慌，想不起来肩上那块骨头叫什么名字。但我知道其他骨头——以前我认识所有骨头。肩带①：左锁骨、右锁骨。肱骨。

你看过生存手册吗，哈利？

我去不了机场了，加拿大航空会把我的座位卖给某个等退票的人。凯斯应该在剧院，不会发觉有什么不妥。我坚持自己开车去，所以我回来的时候，也不会有人去机场接我。因为我独立，才受到这样的惩罚？

我一定要向莉莉贝特道歉——他们一定认为缺席庆典是失礼的行为。

各种念头乱成了一锅粥。“没条理女士”，哈利就是这么叫我的。

小时候，我和艾丽绕着圈子齐步走，在客厅的地毯上绕了一圈又一圈，一边走一边唱歌。

前进！基督精兵，
前进！如出征；
十字架旌旗高撑，
随主向前行。

---

① 又称上肢带骨，包括锁骨和肩胛骨。

如果现在我能站起来，奋勇向前，走上峡谷，该有多好。

我唱歌唱累了，声音嘶哑。话都说不出来了，更别提大声叫了。叫，你也叫，我也叫，想吃冰激凌大声叫。

莉莉贝特午餐会上的甜点会是冰激凌吗？

斧头劈进胫骨的时候，丹姥姥都没叫。老一辈的女人已经为我定下了高标准。

想想看，乔姬，想想你的困境。

我的困境。我唯一的计划也很模糊，大概就是拖着、拉着、拽着自己前进。如果我能躺着，一点点挪到山坡上，那就好了。但是我还在谷底，我要竭尽全力。

我会死在半路上。

不过，我又开始移动了——即便不是很远。但是移动了这点距离，眼前的景象就完全不同了。头上那棵树还在，但现在我看到了另一面的树皮，它们好好地长在上面，螺旋形的，像艾米丽·卡尔的画——全是深棕色和灰白色，但充满激情。艾丽搬去南方之前，有次和我一起去看卡尔的画展。我们开车到城里，站在画廊大厅里，被枞树、图腾、天空和光亮环绕着，我们都缩着肩，说不出话来。

现在，我咬着牙齿，忍着疼痛。我的脑袋下不再是硌人的石头棱子，舒服多了。不过我感觉腿好像肿起来了。我可能再也站不起来了，只能沦为别人的累赘。

继续前进。手尽可能伸长，用你没受伤的那只手摸一摸。

这棵橡树。我认出了它，我的眼泪悄悄流了出来。这棵橡树是我和哈利的老朋友，我们散步的时候总去“朝拜”它。秋天捡橡果时，我和哈利都说，这棵橡树是峡谷中最古老的树。它鳞片状的树皮在呼吸，我把掌心贴在上面。“橡树大帝，森林中唯一的王。”

记忆渐渐清晰。格林菲尔德小姐会为我感到骄傲。但她已经死了很多年，哈利从没见过她，只听我说过。

我离大路很近，一定是这样，如果眼前就是那棵橡树的话。这真是个奇迹。如果有人想到峡谷下面来，那更是奇迹。现在才是四月，离春游的季节还早。

我需要的正是个奇迹，管它是大是小。

报纸上会出现一条这样的新闻——“跌落灌木峡谷，妇人神奇保命终获救”。

我觉得不会有人来救我。

会有人来救你的，这点你可以放心。

我尿湿了裤子。我该对救我的人说什么？

不要纠结这个。

天主先生，能不能派人从这条路下来找我？

请。

我忘了说“请”。

我没什么要求了。

如果我的声音听起来像个破锣嗓子的歌手，那么，很抱歉。

13

我睡了又醒，醒了又睡。草丛中响起点动静，我似乎看到了希望。我想，是不是有人正沿着山路走下来。可惜只是一只花栗鼠，它突然窜出来，朝着我向往的方向跑过去。突然，这小东西停下来不动了。它把尾巴弯起来，翘到背上，然后伸直，像一根小骨头。它静静地停在那里，可为什么看起来那么意味深长，那么别有用心呢？现在它飞快地跑进草丛深处，不见了。我应该抓住它立着的小尾巴，牢牢抓住，让它把我拖到路上，那样我就安全了。

我正失去理智。

我梦到了母亲。她在养老院，坐在自己的助行器上，望着门口，等我带她去旅行。然后，我们坐在汽车前排，飞过悬崖，我伸出胳膊搂着她。

刚搬到养老院的时候，菲尔并不是很喜欢那里。但她说得很清楚——不会和我一起住。她说："我不想拖累你，何况，很快你也要住养老院。"菲尔就这样把我打发走了——对于我的未来，她提出了一个现实的问题。

养老院的广告词——“独立生活”让菲尔决定搬过去住。我看得出来，她有这种念头已经有好几个月，甚至好几年了。她打电话给我的那个早上正下着雨，我手拿听筒，看着窗外的红雀在鸟食槽和峡谷间飞来飞去。我想念哈利，而且没错，也同情自己。

电话里，菲尔说：“我要搬到镇子那头的平顶屋养老院去。他们管它叫‘港湾’。刚才有个女人打电话过来，说是夜里有人死了。排队名单里，我是第一个，必须马上回复，所以我说我去。到了那边我有自己的地方——一套两居室。他们给我三周时间准备，我想让你帮我卖掉房子。”

这是给我的命令。艾丽已经搬走了，可以差遣的就剩下我了。菲尔希望我做这件事，却不顾及我的年龄。如果你有个一百多岁的老妈妈，你也会处处让着她。我不知道她去养老院申请过，也不知道她在排队名单里多久了，不过她什么事情都瞒着我，我也从来不过问。搬家具、卖房子，所有事都是我干的。菲尔有司机，是我，她身边可以使唤的人，也是我。售房广告登上报纸的当天，我就把房子卖出去了。

之后的两个半礼拜里，菲尔把丹福思家祖先一个半世纪来积攒的财产都散了出去。在菲尔生活的一百多年里，除了和霍姆斯先生结婚后的最初六七年，大多数时光都在这栋房子里度过。现在她要离开了，虽然她不愿意承认，但是她确实住够了。只有换个地方，菲尔才能继续生活。

乡下的祖屋卖出去的时候，已经是新城区的一部分，周围有一排排的房子。我们家以前的地里不断建起新房子——我们要用钱的时候，丹姥姥把那些田地一条条地卖给了莫特。看着老房子被拆掉，我会伤心，但我知道，我不可能再搬回去了。祖屋里的其他人要么死了，要么搬走了。菲尔一个人守在那里很久，这很了不起。

她并不孤单，祖屋就在新社区的中心。社区就是围着祖屋一圈圈发展起来的，大路和我们家的短车道都铺得整整齐齐。那堵石头矮墙是阻止邻居进入祖屋的唯一障碍。我们家的祖先们一块一块地搬起那些石头，扔到平底橇上，再用马拉到祖屋的院子里。

菲尔有点兴奋，收拾老房子时又有新发现，她为此兴致勃勃、满心期待。她把自己的东西做了标记：纸张，文件，她想保留的东西——橡木桌、梳妆台、床、两张椅子、橱柜、灯。菲尔清空了橱柜和抽屉，对我和凯斯、赖斯说，我们想要什么都可以拿。艾丽不在，但她一直想要丹姥姥的银饰，所以我帮她留下了。

之后，菲尔开始拿出那些被她叫作“小古董”的东西——不成套的碟子、装饰品、亚麻织品、锅碗瓢盆，每次放一点在老石墙凹凸的墙头上。下午四点她放上去一个茶壶和两套茶杯、茶碟，不到六点就不见了。睡觉前她把一个咖啡壶和配套的咖啡杯摆上去，到了早晨又全都不见了。菲尔和她的邻居玩猫抓老鼠的游戏，那些一个世纪来都在她名下的东西也离她而去。二手商打电话过来，但被她拒绝了。邻居们拿走了玻璃水瓶、玻璃牙签罐、水果盘、衣着饰物、边桌、陶瓷三脚盘、土耳其大浅盘、黄铜灯架、小煤筐和一套玻璃小帽子工艺品。凯斯拿去一些可以用在她剧院里的小物件。我和凯斯搬走了祖屋里的书。外祖父的医学书，包括那本《格氏解剖学》，被我拿去了。

但我一直担心，菲尔是在准备后事，不是房子的后事，是她自己的后事。那天早上，我开车送她去养老院的时候，她有点后悔了，我也是。她推着助行器走进养老院的大门，看起来比平时更瘦小了。我们进门就看到个老妇人，她坐在接待处旁边的轮椅上睡着了，嘴巴张着，下巴垂到胸口，一条布巾穿过她的腋窝，系在轮椅背上，让她不至于滑下去。

菲尔迟疑了。“手推车来了。”她喃喃自语，似乎看到了她以后的生活。她四处打量，因为害怕，声音有些颤抖，“这里的人看起来都好老。”

我把手放在菲尔肩膀上，感觉到她背部的弯曲——很明显的驼背。我想，我是否应该让她坐到助行器上，直接推回我们的车里呢？“你真的想住在这里吗？”

“当然不想，”她说，“什么时候你也九十九岁，就明白我现在的感受了。”

我们还没来得及逃走，接待员就走过来跟我们打招呼了。

之后三个礼拜，我每天都去养老院看菲尔，弄得我筋疲力尽，直到她在那儿结识了男朋友特尔·罗尼。

住进养老院的第二天，菲尔告诉我：“食堂居然给人喝脱脂牛奶，那是莫特拿来喂猪的，我绝不会喝。护士讲话那么大声，好像我们都是聋子。他们都忙着伺候卧床不起的病人，难得看看我们这些还能走动的人。万一我们死了，都不会有人知道。”

“我会联系你，”我告诉她，“我每天都会联系你。”

但是我在想，如果哪一天，凯斯不得不开始确认我的状况了呢？如果她忘了呢？如果她从来不履行这道程序呢？

如果她现在想着我，打电话到酒店，看看我有没有到伦敦，该有多好。也许我这辈子都见不到伦敦什么样了。

不要胡思乱想，乔姬。可能她已经打过电话了。

她不会打电话的，我让她不要打，我从不向凯斯汇报自己的行踪。

不要想这些。想想你在这儿待了多久，应该已经有人报过警了。

也许我才在这里待了几分钟，也许我在哪个时间断层里。时间断层……我在书里看过，但一直不懂。

那就集中注意力吧。

14

一阵凉风掠过下巴和一边的眼皮。希望不会降温，即使冻死后腐烂在峡谷里也算不上最惨的死法。想想伊莎多拉·邓肯[①]吧，她是被自己的围巾勒死的。想想吧，围巾卷进汽车后轮里，把她从车里拽出来，绕在她脖子上，直到她窒息而死。

想这些可不好，乔姬。

摆脱不好的想法可不容易。想想托尔斯泰吧，他在铁轨旁的站长室里咽下最后一口气。他逃离了自己的妻子，放弃了所有财产——但之前他过的可是富足的生活。弥留之际，他一定听到了火车头咔嚓咔嚓的响声。他会想到安娜·卡列尼娜吗？据说，托尔斯泰的遗言是："这真是太简单了。"或者别的什么话，总之意思差不多。至少他写完了《战争与和平》。

镇上图书馆的书不够我看。我读小说、历史、哲学和试图证明天主存在的书。我一下子就想起了年轻时的那段时光，但却记不

① 伊莎多拉·邓肯（Isadora Duncan，1878—1927），美国著名舞蹈家，现代舞的创始人。

起当时的年龄。很奇怪，即使对着镜子里自己的脸，我也从没想过自己已经老了。

我自愿去图书馆做了几年图书管理员，这样我就能在第一时间读到新书，也方便找书给凯斯。那时凯斯还是个孩子，“给我带好多好多的书，妈妈。”她说。那个时候，她就知道指挥人。她识字以后，凡是我读过的书，她也都读过。

但是，托尔斯泰临死时明白了什么？什么真是太简单了？他知道的什么东西是我们其他人都不知道的吗？他和女农奴睡觉，有一个私生子，或许还不止一个。一个他从未公开承认的儿子成了他的车夫，在他的庄园里给他赶马车。这有多公平？托尔斯泰在比我还老的时候——八十岁的时候，离家出走了。他肯定已经准备好赴死了，或许他早已忍无可忍了——对他的妻子、他的生活。

可是我不想死，现在还不想，绝不。只要我的骨头能把我撑起来，我就能重新出现在人们面前了。

那么，为什么我觉得一切都失控了？如果我死在这峡谷里，希望凯斯不要帮我选《维纳河时报》里现成的悼词，沙中足迹啊，飒飒风声这种。凯斯有想象力，她能创作出新颖的东西；毕竟，她在剧院工作——她自己的剧院，维纳河镇第一家也是唯一一家现场演出的剧院。凯斯买下老百丽剧院的房子，赶走里面的鸽子，拆除里面的所有东西后，又重新装修。那时哈利还活着。哦，我们的凯斯，她很能干。但她什么时候能停下来四下看看呢？我不问她，她太忙于做事。然而，她很有眼光，剧院是她的，每一块木板、每一根钉子都是。

剧院开业那天，我和哈利去了。人们从郡里四面八方赶来，票都卖光了。凯斯让我们坐在第三排中间，她说那是最好的位置。我的右边坐着一个男人，他从口袋里抽出把卷尺，量起从他膝盖到前排椅背的距离。那个男人膝盖高高的，骨头凸出。我心里想着：髌骨。那个男人看着我，似乎在向我挑衅，但我没理他。他很面生，不是附近人。我没有告诉他，那个晚上对我们的女儿来说很重要，她是百丽的新主人。我没有大声说带着卷尺到剧院来是吹毛求疵，虽然我应该这么做。

凯斯挑选的首演剧目是《等待戈多》，我以前没有看过。深夜，两个流浪汉坐在树下的长椅上，几乎没有动作。我很纳闷，凯斯为什么要挑这部戏，但我确实被逗乐了。这两个流浪汉——勾勾和迪迪，一直等，一直等，哪里都没去，从前一天晚上等到第二天天亮，什么都没有发生。也许他们不叫勾勾和迪迪，管它呢。表演结束了，我有一种奇怪的感觉，似乎看懂了，又似乎没看懂。第二天，自诩为戏剧评论家的人在报纸上发表了一篇长篇评论。

但我看戏时走神了，我想到我和莉莉贝特的孩子已经离我们那么远，他们成年了，都有了自己的生活。凯斯和查尔斯同一年出生，过去也是同样不顺。我想，嗯，凯斯学习并尝试了不一样的事情，有了另一半，但这个人不适合她。凯斯离开丈夫，然后遇到了赖斯——她爱的人。现在她有自己的剧院，我们正在观看新剧院的开业演出。查尔斯也有过不美满的婚姻，现在他也有了新的伴，新伴老相好。我还想，好吧，莉莉贝特，也许所有事情终会有个结局。

有时候，我发觉自己想到成年后的凯斯时，也会同时想到她儿时的样子。我不知道莉莉贝特想起自己的四个孩子时，是不是也会这样。这么多年后，我们都站到一边，看着已经长大的孩子有了自己的生活——在平常的日子里，在心碎时，在痛苦时。但即使发生过可怕的事件——比如戴安娜的死，我们仍然时常为那些意料之外的快乐时刻感到幸福。我们学会捕捉，在那些快乐时刻出现的瞬间，牢牢地抓住。

在凯斯的剧院盛大的开业首演时看着她，就是一个快乐的时刻。她一直在笑，黑色的头发闪亮。观众的掌声停下，演员也鞠躬谢幕之后，凯斯把聚光灯打到观众席里我和哈利的身上。她让我们站起来，感谢我们一直支持她。所有人陆续退场，也包括那个髌骨男人。哈利和我坐回座位上，手牵着手，沉默不语。

我就是这么看着凯斯——看着现在，比着过去，但我从没想过她能理解。我曾经试图解释，但可能没解释清楚。想着某个人的时候不联想到其他人？我绝对做不到。孩子，大人，已成年的孩子，这个词本身就是悖论。但凯斯总是来去匆匆，来不及多聊一会。她处理各种问题，挑选剧目，还要排演。她不想和能看穿她过去的妈妈说笑——现在她最不喜欢做的就是这个。但总有一天她会喜欢的。现在，凯斯成了剧院的一部分。我喜欢她说的话，喜欢她的归属感——她理所当然地认为自己属于自己的艺术世界。对她来说，这个艺术世界本身就是个小家庭。

我下葬的时候，她也许会选择悠扬的长笛哀乐吧，或者一首激越的挽歌，又或者节奏难以捉摸的爵士乐。就像强戈，他用疤痕累累、烧得焦黑的手指拨弄琴弦，弹奏《我永远不再微笑》。你认为某个长音会让你心碎，只可惜没有。那种感觉独一无二。一曲终了，你会感到愉悦、振奋。听过他轻轻弹奏《纽约市》，你会想扔下手头所有的事，忙不迭地赶去纽约——一路小跑。

凯斯和赖斯没有孩子。也许他们第一次见面，就决定了要过这样的生活。他们和我讨论过，但我为他们的决定暗自伤心。也许他们自己也伤心。有些事情，凯斯不会和我讲，我也不会和她讲。大家都明白，我们家后继无人了。凯斯用她的剧院、她的艺术表现自己。

有天晚上她告诉我，她爱上了赖斯。我也爱赖斯，但只是因为他爱我的女儿，因为他的音乐。凯斯找一切机会让赖斯带着他的爵士吉他登台演出，或者让他在开场前和幕间演奏。赖斯很好相处，在郡里到处巡演，尤其是在夏天和秋天。

卢力的事情是赖斯告诉我的——另一起可怕的死亡事件。不过我现在正躺在一棵半死的树旁，不应该总想着死亡。卢力是几百年前路易时代的宫廷作曲家，他用一根长长的尖木头指挥棒敲着地板打拍子。但他太兴奋了，把指挥棒捣在了自己脚上，最终因为脚部坏疽一命呜呼。赖斯说，卢力本来是可以活下来的，但他很顽固，不肯让人锯掉自己的脚指头。说到这里，赖斯抿了口茶。我和他在我家厨房，谈论人的死法。赖斯平静地抬起、放下拳头，好像正挥舞着卢力的指挥棒，指挥他的乐队。这让我想起我以前的老师格林菲尔德小姐挥舞木头教鞭的样子，但我没有打断赖斯。格林菲尔德的故事他们都听过无数遍了——至少凯斯肯定听过。格林菲尔德小姐从没打到自己的脚，也不用担心脚部坏疽。

那天晚上赖斯还和我谈到韦伯恩[①]。在奥地利，韦伯恩走出剧场包厢，在黑暗中想抽根雪茄时，一个美国大兵向他连开三枪。我想到弗雷德姨夫，他也来自奥地利；我想到父亲，他和韦伯恩死在同一年——一九四五年，那时凯斯和赖斯都还没出生。不同的是，作曲家的死来得突然，他当场死亡，而父亲不是。

如果我能笑出来，该有多好。别再想死亡了。头脑越来越乱，似乎没法克制，回忆戴安娜遭遇车祸也没法让我专心一会儿。

我想再往前动一动，但如果我动了，就会有危险。我知道自己有这种毛病——平衡障碍。我第一次意识到是在去年夏天——

① 韦伯恩（Anton von Webern，1883—1945），奥地利作曲家，新维也纳乐派代表人物之一。

我头晕了一个礼拜。第三天，凯斯开车到山上来看我，喜欢指挥的她对我自己的诊断很生气，我确信病因是内耳感染，但她不同意。“来吧，妈妈，”她说，“我带你去看医生。拜托你不要再犟了。”她带我去看医生。到了诊所，我手脚并用，从前台爬过大厅，爬到检查室。凯斯背过脸去，她没想到会是这样。“如果你不能走，就爬。”我对她说，“如果爬都不能，那就坐在地上挪。”

医生说我内耳有病毒感染，但是除了等它自己好转，没什么可以做的。凯斯又把我送回家，但我厚道地没有对她说：我早说过会白跑一趟。凯斯把我扶进房间，说：“拜托，拜托，按医生说的做。”

第二天，我站在淋浴下面，想洗洗头发。医生告诉我不要淋浴，因为有可能摔倒。我仰起头冲洗时，失去了平衡。我拼命挥动手臂，想抓住什么东西。我大声喊着，摔倒在地上，就像被扔了出去。我趴在湿淋淋的瓷砖上，直到身上被冲干净。我手脚并用爬了出去，抽出条毛巾，把自己擦干。我一直没能站起来，又在地上趴了半小时。我从没把这次摔倒的事情告诉凯斯。我站起来以后，拿条毛巾裹住头发，去照镜子。我抓住洗脸池边缘，只看到我的肩膀已经耸起来了，和以前不一样。

和菲尔的肩膀一样。

我也会变成这样吗？我问。

我的大腿也被擦伤了，像条火腿。

这个身体是我的吗？我的脸呢？我的表情和菲尔十年前的一模一样。然而，我感觉我实际上只有三十五岁，也许是四十岁。我看到的怎么会是八十岁老人的脸？

也许有一天，凯斯看起来也会和我一样。也许，如果我们活得够长，我们都会变成和自己的母亲一个模样。

我尽量保持乐观。想想原住民妇女、第一批移民的妇女，她们也睡在开阔地里，就在我现在躺着的地方附近——严寒雨雪中，可能有遮蔽，也可能没有，被蚊虫叮咬，受狼嚎惊吓。

但是她们的骨头没断。

也许断了，只是你不知道。

肩膀，肩胛骨！回忆是多么让人振奋啊。

这些年来，我一直在研究人体的骨骼构造。我告诉自己，如果丹福思外祖父从战场回来，知道自己的小外孙女已经记住了那些骨头，应该会很高兴。他的小外孙女从没见过他，但深深爱着他，如果他能回来见她一面，该有多好。她甚至已经开始学习怎么做医生，和自己的外祖父一样。

但他一直没有回来。我高中毕业后，我的父亲霍姆斯先生死了，绸布店的生意也不好，家里没有多余的钱，我也没法上大学，没法学任何东西了。

现在，我最不愿提起的就是肩胛骨了。

脊柱

15

我躺在这里，过往的人生摊在面前。多少个日日夜夜？我的故事也是我母亲、我外祖母、我女儿的故事。我从来没有刻意安排，但这些故事就这样发生了，自然而然，水到渠成。

左边，一棵高大的白松树的枝叶间，正晃动着最后一抹阳光。树梢离我躺着的地方很远，可能属于一个平行世界，一个完全不属于我的世界。

我还不习惯一直盯着上面。峡谷两边比我想象的更有层次，轮廓在暮色中愈发鲜明。每块巨大的岩石都天衣无缝地嵌在山壁中，像石匠手工垒起来的。

我知道，我不会死于血栓或骨折，我最可能会被渴死。我的舌头简直有原来的两倍大。它肿得这么厉害，堵在我嘴里，我可能会喘不上气来。我必须想着其他事，这样我才能活下来，才能再看到凯斯和赖斯。但一定要有水，我已经舔过扣子了。除了像个废人一般躺在这里，我还能做什么呢？这才是最丢人的。

我听到了什么声音。我竖起耳朵，心跳加速。兔子？浣熊？

我不喜欢地上爬的东西；它们有它们的地盘，我有我的。我不会招惹它们，除非它们跑进我家，我才会把它们赶出去。

然而，这声音可能是人发出来的。*希望腾起来；希望又陷入沮丧的泥潭。*

回忆脱离了轨道。黑夜注定不会宁静。我一定要裹紧毛衣，穿好外套。如果月亮能现身的话，我可能感觉不会那么孤独。身边的老树根曾经安稳地躺在地下，好好地活着。满心不情愿地被撬出地面的时候，它一定会呻吟吧。

月儿穿着银绣鞋
悄悄漫步在秋夜

我猜瓦尔特·德拉梅尔一定在加拿大春天的野外露天过了一夜，除了天空，他没看到别的东西，所以才写出这么一首诗。不用说口渴和骨折，想到我可能会被冻死，就让人害怕。天气反常地暖和，感谢天主。我出门的时候简直是温暖宜人。但寒气从地面渗入我的腿、屁股和后背。而且，可能会越来越冷。

你瞧，我已经看到了光明的一面。

我希望看到月亮。它冷冷地陪着你，但至少，还算有个伴。

有些诗句里提到银爪，也许是银掌。上学时，我记住了这些句子，却不理解绣鞋是什么意思。我很困惑，又不好意思问，害怕丢脸。月亮是绣鞋？一双鞋？格林菲尔德小姐每年都教这首诗给五年级的学生，但我们大多数人都早已学会了——一年级、二年级、三年级、四年级时，我们都听过五年级的学生念这首诗。

父亲喜欢这首诗，每天晚上都要我读给他听。他坐在椅子上，我站在旁边，不用看书本就能背出来。父亲瞎了的左眼被眼罩遮着，他闭上右眼，两边的眉毛垂下来，隐约连成一条直线。霍姆斯先生喜欢家里的宁静，可能是因为他生性不爱社交，却整天要在绸布店招待别人。就算他微笑，也不招人喜欢——他收紧下巴的样子看起来像是在做鬼脸。

晚上，父亲会过问我和艾丽的功课，有时要我们把作业拿给他看，证明我们是在学习。他站在我们身后看着，却从不夸奖半句。我和艾丽竭尽全力讨好他，但他总是很冷淡，不动声色。艾丽做完功课就去画画。她把纸铺在餐桌上，拼命地又涂又抹。霍姆斯先生看着她的画，一张张拿起来又放下。他点点头，但没有说话。我相信他一定会笑。为了艾丽，我试着逗他笑，但他没有。后来，艾丽声明，父亲有没有夸奖她的艺术，她不在乎。她离开冬季严寒的家，搬到南方去之后，如果父亲不提，她是不会邀请他去的。艾丽还是很怕冷，但我们都没想到，她用了半个世纪的时间策划着离开家。

“我们可以找别人做安保，”她说，试图让我觉得我也是她计划的参与者，“弗雷德姨夫可以在做督察的同时，兼做这份工作。”

我知道，如果父亲能夸奖我们一句，我们情愿把整座房子送给他。可惜我们一直没听到他的称赞，我们也学着不再盼望这个了。

那时，“南方”对我们来说仅是个字眼而已，我们根本不知道那是个什么样的地方。但那几年里，我们把艾丽的房子叫作“博卡”。有几次放学后，她留在学校里看地图。艾丽选择了佛罗里达。那一长条土地伸进海中，就像有凹槽的把手，抓着它，以阿拉斯加为支点，就能把整个大陆掀起来。艾丽的手指滑过大西洋的海岸线，最后选中几乎在地图最下面的博卡拉顿。格林菲尔德小姐让我们给空白的北美地图填色时，艾丽在大西洋和海湾那里画上代表海鸥翅膀的折线，表示她为自己的房子选的“长把手”两边都是水。

那时，我们不再把她的图画称为“艺术”，那已经成了她的“工作”。父亲死了几十年后，也是艾丽真的搬去佛罗里达很久以后，一天晚上，艾丽打电话给我说，她确信，在我们还是孩子的时候，霍姆斯先生就得了精神性难语症。“那个时候，我只是不知道怎么形容，乔姬。”艾丽说。

我并不完全确定父亲有精神性难语症，但我知道，那种状态下的父亲让整个家变得抑郁。现在，这么多年以后，我只是感觉到伤心，感觉到曾荒废了什么，错过了什么。

晚上，父亲在睡梦中大喊，每个房间都能听到他的声音：“不要动我的丝带！把门插好！不要碰我的抽屉！”他不停地喊。有人在追他，有人在抢商店。我们被他吵醒后，躺在床上扭来扭去，盯着天花板。有时候我们小声嘀咕，想知道夜里的火车有没有经过小镇，朝我们开过来。我们的房间里没有钟，但如果霍姆斯先生在接近午夜时开始大喊，我们马上就能知道准确的时间——十二点过三分，远处会传来又长又尖的火车鸣笛声。笛声在空气中散开，穿过莫特家漆黑的田地，进入我们的房间。隔壁房间随之安静下来，我们在黑夜里也终于安逸了。我们可以继续睡觉了。我拉起被子蒙住头。

到了白天，似乎为了驱散霍姆斯先生营造出来的沮丧气氛，菲尔在我和艾丽身边兴高采烈。但我们感觉很有必要怀疑他们的感情。父亲和母亲中间有一条明显的分界线，我和艾丽没有跨越这条界线。我们俩互相问：“他们为什么要结婚？他们是怎么认识的？”我们不知道答案，也不敢去问。让我们头疼的问题已经够多了。

菲尔似乎已经对夜里的喊叫声习以为常，只在一个礼拜天吃早餐的时候说了句，她很高兴父亲没有梦游，只是说梦话而已。霍姆斯先生坚决否认自己在梦中说话或喊叫。丹姥姥不置可否。

草丛里又有声音传过来。野兔是很好的猎物，我知道这里有狐狸。有天傍晚，我和哈利看到什么东西钻进高高的草丛消失了。我们还见过白靴兔的骨头，还有松鸡和野火鸡。这些都不会伤人，熊不会到离城镇这么近的地方。感谢天主，这里的狼也绝迹了——起码这个峡谷里没有了。

莫特家的房子边上有条小河，早春的一天，我和艾丽在水位涨高了的小河边发现一只死猫。前一天夜里大降温，那天阴冷、干燥。我们屏住呼吸，试探着踏过厚厚的积雪。那种感觉很美妙，我现在还能想起，知道靴子踩不到地面的时候，我是多么兴高采烈。然后，我们俩同时看到了那只死猫。我们跳下河岸，走到死猫旁边。很明显它曾经下过水，身上的毛都冻成了一坨坨的冰。我和艾丽都说，有人想淹死这只小猫，把它扔到离河岸很远的水中。小猫挣扎着往岸上游，想爬上来。尽管它很努力，或者就因为它的努力，这可怜的生命没能活下来。小猫死了，还睁着一只眼睛。我们戴着连指手套，把这只死猫提回家，在雪中挖了个坑，想把它埋掉。我们说："像拉匝禄一样吧。"拉匝禄死而复生，也许这只小猫也可以。我和艾丽从车棚里拿出一把镐，但我们轮流刨坑的时候，镐总是被冻硬了的地面弹开，震得胳膊发麻。最后，小猫的大半个尸体都被埋到土里，我们用雪把它盖了起来，压得紧紧的。

挥镐的时候，艾丽的围巾荡来荡去。她抱怨说："我要离开这儿。我讨厌冬天，我要到南方去，去温暖的地带。"我知道，地带这个词是她跟格林菲尔德小姐学的。只有格林菲尔德小姐才会在平时这么说话，我很佩服艾丽能把这个词化为己用。那个礼拜晚些时候，我看到艾丽在桌子对面画画，画的是那只死猫，一半在河水里，一半在河滩上，一只眼睛茫然地睁着；河岸上我们刚踩过的、结结实实的雪发出一圈圈闪亮的光芒，似乎给小猫的死增添了神圣的意味。

接下来的那个礼拜天，我和艾丽在厨房读书。每个礼拜天下午，我们必须大声诵读圣经二十分钟，这是丹姥姥的规矩。我们喜欢听圣经里的文字，轮流拿着圣经，尽量找最有趣的段落读。

想到小猫浅浅的坟墓，我读了这句："当他们去埋葬她时，只找到了她的头盖、脚和手掌。"马上又改口说，"……和爪子。"

诵读的经文正好符合我们的愿望时，我们确信天主一定能听见。还有个礼拜天，我们试图说服父母，我们上学需要新鞋子，艾丽大声诵读："公主! 你的脚穿上凉鞋，是多么美丽!"但我们没得到新鞋子——那正是萧条的年代。

轮到我读时，我想到了"大湿"，艾丽班上那个胖乎乎的小男孩。他总是带着湿漉漉的番茄三明治当午餐，甚至装三明治的纸袋子上都有水渍，大家就给他起了这么个绰号。课间休息时，大湿对艾丽说他爱她，下个礼拜天，我就暧昧地读："在她脚前屈身扑倒，深深入睡，昏迷至死。"我们一起发疯似的笑起来。我们对"爱"都没兴趣，当时没有。

"拉匝禄现在必是臭了。"艾丽大声读。

我们很惊讶，不只是因为耶稣的神迹，也因为臭，然后我们都牢牢记住了这个字。我们把垃圾袋拎到房子后面的垃圾坑时，艾丽捏着鼻子喊："真是恶心，到处都是臭味！"一只松鼠钻进地窖后死在了里面，大人要我们用铲子把已经腐烂的尸体铲出来。"确实，”我们抱怨说，“这一点都不好玩。”

晚上，我和艾丽躺在我们的双人床上，用读经时看到的thither、nay、doeth、smite和belongeth造句。[①]有个礼拜天，我们模仿圣经里的语气说：“求天主为我们开门，我们要出去玩，我们渴望新鲜空气。”

隔壁房间传来的回应很坚决：“抓紧时间赶快读书，时间到了，门自然会开。”

不过拉匝禄必是臭了，差不多和圣经里说的一样。

拉匝禄复活后学会了什么？我很想知道。

丹姥姥读经总是读《传道书》，她能随意引述里面的句子，我听着，就学会了。我围着她转的时候，她对我说：“你有个好记性。”然后她背了句诗：“大千世界中，万物皆有时节，一切自有深意。”

除了圣经，我和艾丽也读别的书，只要是能找到的书，我们都读。我在慢慢啃外祖父的狄更斯十五卷本，我最喜欢其中的《远大前程》。另一本我最喜爱的书是《伊丽莎白公主的礼品书》，但这不是我收到的礼物，而是弗雷德姨妈和姨夫送给艾丽的生日礼物。我对这件事很不满，因为我才是和约克郡的公主同一天过生日的人，不过没有人看出我的不屑。不管是谁的书，我和艾丽都一起看。艾丽收到这本书之后不久，爱德华八世就退位了，伊丽莎白公主发现自己成了王位的第一顺位继承人。

爱德华八世是维多利亚女王的曾孙，我们认识的每个大人对他的退位都有话要说——这是悲剧。这是叛国。这是高尚的行为，因为他站出来公开自己的情人。他根本不想做国王。他没有能力做

① 文中所用圣经为钦定版，因年代古老，很多单词的拼写甚至语意都和现代英语不同。

国王。

小镇正忙着准备圣诞，突然间所有人都要宣誓效忠自己的新国王——乔治六世陛下。镇长宣布："我们应该同心协力支持他。"

在我们的单室学校里，格林菲尔德小姐站在教室前面，她头上方绿色皱纹纸做的铃铛是八年级最高的几个男生上个礼拜挂上去的。格林菲尔德小姐低下头，哭了起来。课间休息的时候，我听到她咕哝着："哦，埃迪，埃迪呀。"埃迪还是威尔士王子[①]时，格林菲尔德小姐就见过他，那时一战刚结束，埃迪在加拿大全国巡游了两个月。一月，我们返回学校，格林菲尔德小姐大声读着"退位宣言"，声嘶力竭，她又哭了。

镇上的女人很失落，她们逛商店，散布哪怕是最微不足道的新闻，父亲有时候回家会讲给我们听。这些女人崇拜王子，爱他，但他选择了来自巴尔的摩、长相平凡、面无表情的辛普森夫人。王子在朴次茅斯港登上一艘驱逐舰离开，在法国布洛涅登陆后，乘火车前往维也纳，然后去了奥地利罗特席尔德男爵的城堡。后来，辛普森夫人离婚，嫁给了爱德华。但她不是公主，镇上的女人说。她穿着长窄裙和素色衬衫，戴着没有面纱的帽子，脸露在外面。她那么瘦，像根被拉长了的肋骨。

我和艾丽以前从没听过这样的八卦。但王子发表公开声明很久之前，我就很喜爱《伊丽莎白公主的礼品书》，书里有很多公主的图片。她也是小女孩，但和我、和艾丽完全不一样，可能这就是吸引我的地方。图片上的公主穿着光滑的衬衫和奶油色的连衣裙，下摆点缀着粉红色的玫瑰。书里还有熊、布娃娃和巨型布丁的图

---

① 英国王储的专用封号。

画。书里的故事和诗歌，我和艾丽读了又读，还默默研究那些插画。艾丽每次合上这本书，就去画雪。我每次看完这本书，感觉就像刚去过异国他乡。

来改变，来改变
随心所变

我们在外面时，我背诵这句诗。我喜欢幻想，直到幻想与现实冲突。我相信凯斯也遗传了这个基因。我和艾丽长大以后很久，艾丽告诉我，她想起我们一起读《礼品书》的时候，身体仍然有感觉，一种强烈的梦幻、向往的感觉。

16

我又睡着了。我梦到了拉匝禄，梦到了龙头在滴水。刚过去了一个小时？一分钟？我的身体在寒冷中绷紧、蜷缩。天上的云仰面躺着，像不爱搭理人的熊。它们怎么能跑到那么高的地方待着呢？礼拜天，丹姥姥坐在她的椅子上，把圣经放在膝盖上，读着："观察风向的，必不撒种；研究云象的，必不收割。"

但这是什么？是眼泪吗？

雨滴到我的脸上，柔柔的，啊，多么喜人。天上来的礼物，绝不能浪费，一滴都不能浪费。我曾压抑着不让自己总想着口渴，但现在我可以承认，我曾是多么绝望，多么唇焦舌燥。我伸出那只没受伤的手舔手指，摸索着抓起干枯的落叶、经冬的野草，舔羊毛开衫的衣角——真是个疯狂的女人啊。我的手摸索、扒拉的时候，板岩碎片松散地围绕着我，像很多硬币。但现在我的手指是湿的，我的袖子吸满了水分。谢天谢地。

滴滴小水珠，颗颗小沙粒。

这些东西怎么飞进我糨糊一样的脑袋？我以前在家听丹姥姥背诵过这个。有天早上在学校，我努力说服格林菲尔德小姐：这是个完整的句子。那时她正在教我们名词，砰砰地敲着教鞭，大声喊着：“人、事、物！”还让全班同学跟着她一起喊。她就这样重复了三天，告诉我们要把这三个字牢牢刻在脑子里。从此以后，一个词是不是名词，我们从来不会看错。

格林菲尔德小姐要我造句时，我说：“滴滴小水珠，颗颗小沙粒。”她却坚持说这些词根本不成句。她站在我的课桌前，说这些词中没有谓语。

我极力反对。不管格林菲尔德小姐说什么，我还是不明白什么叫“谓语”。她放弃了，转身去找其他同学。我看着她的后背，默默地咕哝：滴滴小水珠，颗颗小沙粒。我喜欢这音律，喜欢这诗句。可惜它没有谓语，不成句。那天我不喜欢格林菲尔德小姐。放学后，我不再念叨这句话。回到家里，我翻开《格氏解剖学》，瞪着活像我们老师的那个食尸鬼喉咙。

我们乡下的每个孩子都要在格林菲尔德小姐的手底下过八年。她不厌其烦地警告我们：不要踩到生锈的铁钉，不然会得锁口风[①]。有一阵子，我很害怕自己得上这样的病，下巴无缘无故地闭起来，谁都撬不开，更别提喂我喝水了。格林菲尔德小姐抽查我们的卫生习惯，要我们坦白早餐吃了什么、上学前有没有刷牙。我们坐在课桌前吃午餐时，她在过道里踱来踱去，瞄着我们的蜂蜜罐和饭盒——里面装着烤牛肉萝卜三明治或四片夹了鸡蛋的面包。春天就要过去，我们家的果酱吃完了，丹姥姥每天为我们准备午餐时，

① 即破伤风。

我和艾丽都沮丧地看着她。我们互相递下眼神，意思是“今天只有红糖三明治”。丹姥姥用牛奶打湿自制的面包，往面包片中间撒上红糖。午餐时间还没到，红糖就已经干了，我们拿起三明治往嘴里送的时候，糖往各个方向漏出来。格林菲尔德小姐经过时，直直地盯着我们身上的褐色斑点。我和艾丽的衣服上，从脖子到腰都是糖渍，这真是奇耻大辱，不过我们从没把这件事告诉丹姥姥。

健康课上，我没有告诉格林菲尔德小姐，我的母亲随时都会昏倒，因为我确信，格林菲尔德小姐会说这个是家族特征，和脸上的胎记一样。我们的老师笔直地坐在直背椅子上，描述着短下巴家族的世代成员——短下巴意味着行为欠佳。她让我们不要总张着嘴，因为这样看起来很呆笨，像突然要发笑的大猩猩。课堂上我们马上合上了嘴，不过出了教室，到格林菲尔德小姐听不见的地方，我们就故意张大嘴，用喉咙发出得意的笑声。

每年春天里的某一天，格林菲尔德小姐都会站在讲台后面宣布：蜜蜂聚集的时节又到了。她让我们不要相信喝茶前把茶放在茶碟里冷着的人，弗雷德姨夫每次到我们家来都会这么做，但我没把这个告诉格林菲尔德小姐。弗雷德姨夫每天晚上都会穿着刚熨好的衬衫睡觉，他还不得不自己熨衬衫，我也帮他保守着这个秘密。

冬天的每个早晨，我们到学校之前，格林菲尔德小姐已经在每个人的课桌上放了一颗鱼肝油胶囊，就在放墨水池的凹洞旁边的铅笔槽里。我们坐好后要做的第一件事就是吞下这颗胶囊。格林菲尔德小姐站在高年级男生面前，命令他们张开嘴，因为他们会把胶囊含在嘴里，等老师一转身就吐出来。

上完八年级，格林菲尔德小姐就会把我们送到维纳河镇上的中学。她坚持要我们在五月背诵一整篇莎士比亚的剧本，虽然这根本不是高年级的课程。每年的剧目在《尤利乌斯·恺撒》和《麦克白》间轮换。虽然七年级时我听八年级的学生背《尤利乌斯·恺撒》，已经学会了这个剧本，但到毕业那年，我们要背的剧本就变成了《麦克白》。实际上，每个学年的那个月，我们单室学校的每个孩子都能背诵至少部分角色的台词，一字不差。我们经常不知道自己学的是什么，但这并不重要。事实是，我们中的大多数人喜欢我们背诵的那部分台词。那几个礼拜，课间休息时我们就会在操场上喊那些台词。

可惜，“滴滴小水珠，颗颗小沙粒”没有谓语，不成句。

我身上还有地方是干的，交织的树叶挡住了雨。我现在已经看惯了这些枝叶构成的图案——一张柔软的、意味深长的网。那一点点水让我又恢复了精神，但我的舌头还是不听使唤，牙龈和嘴唇也开裂了。我要再抬起胳膊，吮吸潮湿的袖子。我必须收集更多降水。如果我脱下外套，毛衣能吸住更多水，但我不想被冻僵。气温可能会下降，天黑前我不一定能得救。我的脸露在外面，但我面前还有一段很长的路。

我听见崖顶的路上有汽车经过，我知道，我听到的是轮胎在潮湿的路面上轧过的声音。人类同胞，离得这么近，多叫人欣慰。也许是皮特从我们街道尽头的死胡同里出来，也可能是他的妻子。皮特会到峡谷底散步，但现在太早，才四月。我没法吸引别人注意，我在他们的视线之外，他们看不见我，太远了。我的肉会从骨头上脱落下来，我会变成女版的骷髅赫布利。我会待在这里，整个夏天，整个秋天。到了冬天，我被雪盖住，艾丽会画从厚厚的雪中伸出一根长长的手指白骨。不，她不会的。因为那时我已经不在这里了。

包住你的头和脖子。

但愿能有块毛毯，可以让我包住头。我没有任何可以拿来遮盖的东西，寒气像针一样刺进我的皮肉，疼痛缓慢而绵长。现在我躺在雨里，我不该受到这样的待遇。我在哭，但这是白费力气，我知道。

挺直你的脊柱！你已经喝到些水了。保持头脑清醒。沿着一个方向，再移动你的身体。

如果能听到音乐，我会感觉好些。强戈演奏的时候，节奏总是那么快。他最擅长的就是飞快地拨弄琴弦，速度几乎失控。仿佛他不是用身体表演，而是用自己的灵魂；又仿佛他知道，如果急着做别的事，动作必须要快。

别管强戈了。喝水，看到每滴水，都喝下去。

许愿骨

17

我在下意识地抓着什么。我必须反复握紧、松开手指，尽管有时候这么做会疼。我的关节炎很多年没犯了，虽然肌肉和骨头时不时还有点不听使唤。哈利死后，夜里听爵士乐的时候，我就用力拉手指，握紧、松开拳头，以防手僵掉。

掌骨，腕骨，豌豆骨。豌豆骨在手腕上，因为形似豌豆，就得了这个名字。我在《格氏解剖学》里发现后，拿给艾丽看，她刚看到“豌豆骨”这个名字就哈哈大笑起来。大人不让我们在家里说“豌豆骨”，因为他们觉得这块骨头很不雅。[①] 我的家庭就是这样——我们靠骨头支撑自己，有些骨头却不能说。

我的汽车跌落山崖之前，我的骨头都好好地支撑着我，就像我们以前去学校的时候，用橡胶环牢牢箍住褐色条纹的长袜。我们确实把那个玩意套在自己腿上了吗？太不可思议了。我们的腿没在十岁前坏疽，真是奇迹！菲尔和丹姥姥用力拉着那些红色的橡胶

---

① 豌豆骨的英文为pisiform，前半部分的字形和读音近似粗话piss（撒尿、小便）。

环，让它们变得柔软，直到橡胶环被拉长，变成了吊袜带。我和艾丽把脚伸进去，把橡胶环拉到腿上。接下来的一整天里，我们走来走去的时候，裙子底下就多了这么个鼓出来的圈圈。难道我们那时候的腿是牙签？

大萧条时期，绸布店的生意也不好，菲尔开始去店里帮忙，一个礼拜去三天。菲尔担心霍姆斯先生每天操劳太久，尽量帮他分担。她忙个不停，在整齐码放着布匹的柜台间团团转。菲尔一向喜欢做针线活，店里闲下来的时候，她很乐意填写那些订单——法兰绒、原色棉布、窗帘材料、女帽毡、黑面纱、做帽子用的金属丝和装饰品。霍姆斯先生也卖杂货：彩带、丝线、缝衣针、别针、搭扣、扣眼、纽扣、布尺。菲尔去店里帮忙后，订购了弹力吊袜带，我们再也不用把橡胶圈套在大腿上了。

菲尔很享受在镇里的生活，从店里出来时，她偶尔会到农贸市场转转，或者看看清仓拍卖。有一天她带回家一本有点破旧的书，书名叫《家政女王》。有一阵子，那本书一直放在客厅里橡木桌子的下层隔板上，那张桌子的桌面上一直放着那棵玻璃叶子的工艺树。丹姥姥看到带黄色花纹的酒红色封面就笑了起来——她年轻时就知道那本书。那本书是十九世纪八十年代出版的，我和艾丽相信那是个黑暗的时代。我们自己的世纪会发生什么，我们完全没有想过。

《家政女王》是给家庭主妇看的，我想，我们家的丹姥姥和菲尔就是吧。有天我放学回家，看到每个开放的门道都挂上了厚厚的帘子。菲尔看到书上说，每个通往大厅的门口都应该挂上双层丝绒帘子。霍姆斯先生店里的丝绒卖得不好，菲尔塞了几卷到汽车里，把它们拉回家，镶上边，挂了起来。丹姥姥认可家里的新变化，因为她不想冬天的冷风吹得我们生病打寒战。如果我们真的生病了，丹姥姥的厨房储藏间里有特意预备的松节油和鹅油。

菲尔到店里帮忙，我和艾丽就要多做家务，这就意味着我们必须待在家里，学着苦中作乐。丹姥姥无比认真地分配任务，我们却一点都不严肃。掸灰时，我们唱歌；如果丹姥姥要我们给地板打蜡抛光，我们就在拖鞋上裹上厚厚的破布，再拖着鞋子在硬木地板上走来走去。每次走过房间门，我们就撅起屁股，顶开挂在门口的丝绒帘子。

晚上回到卧室，艾丽有时会大声读《家政女王》，那本教年轻夫妻该如何打理家务的书。艾丽还没有分配博卡大宅的家务活，我们决定，我们两个都不干那些整天拎着拖把和水桶的活儿。

“我恨家务活，年轻的妻子回答说。”书中有些对话我记得很清楚。

艾丽尖声说：“对不起，不过如果真是这样，你根本就没权利结婚。”

她这句话逗得我们两个人哈哈大笑，虽然我们已经隐隐地感觉到，也许我们确实需要“结婚的权利”。当时不需要，但总有一天会需要。

丹姥姥没有去店里帮忙，不过她照料着院子里的花园和菜园。春末夏初，我们放学回家时，她往往正在屋外栽种、浇水，要么就是在照顾她种在马车轮里的玫瑰。一看到我们，丹姥姥就让我们拔草——这是我们放学后要干的杂活之一。菜园对我们每个人都很重要，我们正在经历大萧条，虽然父母竭尽所能地经营绸布店来赚钱，但我们家的餐桌上却几乎没有什么好菜。

母亲到店里帮忙后的那个夏天，我和艾丽也为家里作了贡献。六月初某个礼拜天的下午，家里突然有朋友过来，我们不得不请他们吃晚饭。我们家从来不缺肉和土豆，但没有蔬菜搭配。利马豆还没长成，生菜还没发芽。透过厨房的窗户，我看到丹姥姥走到外面，跪在田垄中间，开始拔刚长了一点点大的小胡萝卜。丹姥姥毁坏自己菜园的时候，我想到了她常念叨的：“栽种有时，拔出所栽种的也有时。”我确定，我看到她抹眼泪了。一个半小时后，胡萝卜端上餐桌——小小的、短短的，像指关节。我一根都不肯吃。

因为看到丹姥姥流泪，我制订了一个计划，还说服了艾丽做我的同伙。莫特家旁边的农场里种了豌豆，到了收获时节，马车会沿着中心的泥土路把豌豆送到罐头厂。我们站在阳台上，等着马队经过——它们拉着运豌豆的车，后箱里的豌豆像干草一样高高堆起。车到眼前时，我们跑到路上，冲车夫和他旁边的人挥手。干热的风吹过，马车的车轮发出巨大的响声。我和艾丽开始追马车，在车厢旁边跑，一边躲，一边抓住豆秆丢到地上。我们跑得很热，又因为拼命偷豆子笑个不停。很明显车上的人发现了我们，其中一个向后伸着脖子，冲着下面的我和艾丽喊。但是马车的声音太大了，我们没听到他喊了什么。艾丽弯下腰，我看到她两只手都抓满了豌豆秆，手腕垂着。想起《格氏解剖学》里那个像豌豆的腕骨，我喊了起来：“豌豆骨！”艾丽听懂了，也跟着喊了起来。

“豌豆骨！”我们扯着嗓子喊，“豌豆骨！豌豆骨！”

我们在热风中喊叫着，把自己不雅的骨头对着马车。那个男人回头看看，笑着挥挥手。我们停下脚步，笑得停不下来，还要尽量稳住呼吸，回头捡我们刚才丢在地上的豌豆秆。我和艾丽都收获满怀。我们把这乱蓬蓬的一堆摊在车棚后面，在那里剥开豆荚，把豌豆放到一个桶里，一边剥一边吃。我们得意扬扬地把豆子提到房间里时，丹姥姥的反应让我们措手不及。“那些豆子反正会从马车上掉下来……有时候，”我们为自己辩护，“车上的人也不介意，他们只是笑话我们。”我们没提亮出自己不雅的豌豆骨的事情。

但辩解近乎徒劳。我们被罚坐在外面的门廊上，大声读十诫。即使这样，我和艾丽偷来的豌豆当天晚上也被我们五个人吃得一干二净，只在碗底剩下了一大摊融化的黄油。

18

没错，我们偷了那些豌豆。如果现在够得着，我想偷的是水。我家里有厨房水槽、水龙头、淋浴喷头、浴缸，还有挂在后院里的园艺水管。但是现在我有什么呢？只有干裂的嘴唇和潮湿的衣服。商店里买来的衣服够厚了，但我还是感到透骨的冰冷。

我和艾丽穿的衣服都是家里做的，虽然我们很想穿商店里卖的成衣。菲尔和丹姥姥能巧妙地把店里剩下的边角料——花格布、纯色布和丝绒的边角碎头拼在一起，在棉布衣服上缝上毛料的荷叶边。就算这样，我还是很清楚地记得当时那种唯恐衣服裂开的感觉。上高中的时候，厨房的窗台上总是准备着别针，我和艾丽临出门时，衣服上的纽扣或花边掉了就拿这些别针救急。后来，在战争时期，我们买不到尼龙丝袜，就互相帮忙，在裸露的腿后面画出一条从上到下的黑色“线缝”。我和艾丽都到了憧憬爱情的年龄。

我们换着戴首饰，换着穿衣服，项链和腰带也是戴了摘，摘了戴。脚指甲上涂满指甲油，只留着半月白。我比艾丽小，但比她还高两英寸，也就是说，她没法穿我的裙子。十三岁的时候，我已经五英尺七英寸，还在继续长。我非常清楚，我继承了丹姥姥的高个子基因——她五英尺十英寸，又高又瘦。我翻开《格氏解剖学》，再一次研究股骨。插图里的股骨和书一样高，在那页纸上顶天立地，像一根可以取下来凌空挥舞的棍棒。到我不再长个子的时候，我比丹姥姥矮半英寸。丹姥姥那么高，这给她带来不少麻烦，所以我对自己的身高很满意。但如果比我矮的人站到我旁边，还是显得我有些突兀。这种情况下，我就会往旁边挪几步，像横行的螃蟹。教堂大厅里举行的社区舞会上，我就是这样。

全家刚搬到乡下时，我六岁，从那时起我就一直参加这个舞会。舞厅在圣公会教堂旁边，所有人都会去，小孩子也不例外。那些男人看上去连节拍都踩不准，但小提琴声一响，他们就把手放到舞伴的腰上，伸直了胳膊往前一推，领着对面的女人在房间里转圈，似乎他们的舞伴还不如一条本哈特围巾有分量。如果你是那个女人，你也会感觉自己轻若鸿毛。如果你只是在一边看看，就能看到满屋子男人满脸热切期待的神色，专注地从事着将轻若鸿毛的女人在地板上推来推去的职业。你甚至会觉得，木地板上是不是已经画好了脚步图，因为所有人的舞步都一模一样——七十岁的老人、高中生、孩子、年轻夫妇、寡妇、鳏夫。战争开始后，我们知道城里的士兵、水手和他们的姑娘在学习新的舞蹈。但乡下的舞蹈还是老一套，就是这样。乡下的每个人都知道两步舞，知道怎么跳方块舞，怎么面对面跳弗吉尼亚里尔舞。甚至我们的父亲也跳舞——在他生病之前，但他跳起舞来颇惹人注意。他满脸严肃，把五短身材的菲尔推来搡去。因为他戴着黑眼罩，一眼就能在舞池里找到他们两个。父亲姓霍姆斯，为此有谣传说他是德国人的间谍，虽然他的名字康拉德是以C开头的，而不是以K开头的。[①]

丹姥姥是唯一不跳舞的人，她也来舞会，但总是坐在大厅边上的硬背椅子上。“哀悼有时，舞蹈有时。”她对我说，一边点着头，表明她正在念圣经经文。公众场合，她既不哀悼也不跳舞。没有男人敢站到丹姥姥面前，伸出手邀请她，这不难理解。第一次世界大战结束，她收到战争办公室的电报后，就用绷带裹住腿，再没跳过舞了。

不过，丹姥姥爱音乐，经常在家里听大收音机播放的舞曲。家里其他人也一起听，特别是礼拜六晚上，我们都在客厅里，听盖伊·隆巴多和他的乐队在几百英里外的纽约市罗斯福酒店演奏。我和艾丽趴在地毯上，父亲躺在沙发上，丹姥姥和菲尔坐在扶手椅上。大家都不怎么说话，但有人用脚打着拍子，偶尔随着音乐摇摆。大家时不时抬起头互相看看，但大多数时间，目光都落在地毯上。当我回忆起这个场景，我想到平和，甚至幸福。那场景只是一个瞬间吗？画面静止了，完整了。这就是让我感到自豪的家，我的归属。

战争时期詹姆斯·卡格尼也跳舞。他在墙上，从舞台的这头跳到那头——在电影《胜利之歌》里。四十年代初，这部电影刚出来的时候，我在百丽剧院看了两遍——现在那已经是凯斯的剧院了。第一次，我是和艾丽一起看的。第二次，我一个人去看了白天场，只为享受独处的欢愉。我向往中央舞台前的丝绒幕布拉开前的时刻，向往关灯前剧院里的片刻安静，向往看到才华横溢的卡格尼先生展现舞姿。没人当他是个舞蹈家，但我认为他是，直到现在还这么想。那么小的身躯内居然蕴含着如此巨大的能量，完全想象不

① Conrad 和Konrad 读音相同，但前者为英语国家常用男子名，后者为德语中的男子名。

到，一个男人的舞步竟能如此轻盈。《胜利之歌》讲了什么故事，后事如何，我都没什么兴趣，即使这个故事也很棒。哪怕后面传来织针交错的声音——有人在给远在海外的儿子织袜子，也丝毫没影响我的兴致。我在那儿，是为了看卡格尼跳舞。

战争一开始，生活就不同了，视线所及都是瞬息万变。我和艾丽在学校认识的大女孩们去了城里工厂，干活的时候可以穿长裤。大男孩们被征召入伍，其中就有韦德·特里克，他是第一批登记参军的。艾丽在高中时就认识了特里克，还发誓战争结束后就嫁给他。特里克到海外去之后，每周给艾丽写信，告诉她自己正在部队里学手艺，很快就能成为合格的电工，还说回家之后很容易就能找到工作。艾丽马上回信，把博卡大宅的电工活分配给特里克，要他在飓风后停电时负责处理。艾丽还没有找到干家务活的人，但她不担心，她说这个人总会出现。

夜里擦地
悲从心起

这是谁说的？

丹姥姥。我刚才听到她说话。弗雷德姨夫相信人死后有灵魂，我也信。

可能在丹姥姥眼里，世间万事皆会以悲剧收尾。她在一场战争中失去了丈夫，又在下一场战争结束时，看着菲尔——和我们大家——失去了霍姆斯先生。女人是掌控家庭的女王，但男人才是家庭的带头人，这毋庸置疑。很多人相信，女人当带头人，家庭不能持久。

绸布店还没从大萧条中恢复过来，战争开始后，生意也不见好转。因为年龄太大，又瞎了一只眼，霍姆斯先生没能够参军。他对自己德国味的名字很敏感，处心积虑地证明自己对维纳河人民的忠诚。并非所有人都怀疑霍姆斯先生的爱国心。绸布店的收入微薄，但他还是经常捐献出一部分支持战事。他甚至在绸布店前面的大橱窗里张贴了一张巨大的政府海报，海报上印着一头巨大的白象，海报最下面，一对渺小的男女抬头看着钉在大象身上、写着“待售”字样的标牌。大象的表情沉静而愉快，海报的标题是：**不需要，就别买**。经常有人在人行道上经过时，停下来看着大象，我从店里看到他们点点头，走开了，没到店里来。

张贴海报劝人不要买东西，似乎不像做生意的样子。有天早上我听到丹姥姥对母亲说：“他搬起石头砸自己的脚，菲洛梅娜。这个男人搬起石头砸自己的脚。”

丹姥姥打电话给莫特，要他开车送自己去镇上。她沿着人行道走到父亲的绸布店，在橱窗外似有所想地站了五分钟，盯着巨象的轮廓，似乎在确认什么。丹姥姥没有走进店里，不过霍姆斯先生也没有拿掉海报。政府要求加拿大人民杜绝浪费，购买债券，收集废纸，不传播小道消息，不要多嘴。霍姆斯先生想要证明自己和穿着军装大踏步走过街道、身后还跟着乐队演奏的那些人一样忠诚。

霍姆斯先生带了些印刷的宣传册回家，上面说要把扔掉的骨头收集起来，因为骨头可以做成飞机上用的胶。为了讨好他，我们马上把鸡骨头、排骨和棒子骨都放进一个有盖的桶里。这只桶只能放在门外面，因为那味道实在是太臭了，而且晚上会有动物光顾。虽然我喜欢解剖学，但我们还是停止收集骨头了，因为我们积攒了一桶后，没人告诉我们该把那些骨头送到哪里。我和艾丽把它们埋在了垃圾坑的边上。我们一边挖，一边喊：“埋起来！全臭了！”

一天下午，父母都在店里，弗雷德姨妈和弗雷德姨夫突然来了。他们打算在丹姥姥家住一晚，把儿子都留在了家里，要大的看着小的。弗雷德姨夫进屋后，从他的旅行提包里拿出一瓶黑色朗姆酒，他管那种酒叫“纳尔逊之血”。

“过来，姑娘，”弗雷德姨夫说，“拿几个杯子放在桌子上。”我和艾丽取来了杯子，但每一个都有缺口。弗雷德姨夫拿起一个，用手指在杯口抹了一圈，又放了下来。他又拿起另一个杯子，照样抹了一圈。

“嗯，好吧，”他说，“我们去买东西。上车，姑娘们。”

我和艾丽爬进车里，可以坐车进城，我们都很高兴。弗雷德姨夫把我们带到杂货店，他在放泡菜的货架中间转了两圈，拿了八瓶芥末放进购物车。芥末瓶子都是玻璃水杯的造型，有方块、红心、黑桃和梅花的装饰纹，瓶口还印着红色和黑色的细线。弗雷德姨夫付了钱，带着我们回到家。他要了个搅拌碗，撬开芥末瓶的盖子，把八瓶芥末都倒进碗里，然后把八个玻璃瓶拿到水槽里冲洗干净，留下一个，剩下的都放进碗橱里。“看，”弗雷德姨夫说，为自己的聪明得意扬扬，“现在你们有一套玻璃杯，还有一大碗芥末。”他给自己倒了杯水，等父亲打烊回家。弗雷德姨妈为芥末瓶子和他吵了几句——“你为什么不直接买一套杯子回来！”

霍姆斯先生回到家，和弗雷德姨夫坐在餐桌前，喝了一杯“纳尔逊之血”。

“为我们身体里的灵魂干杯！那些让我们感到温暖的灵魂！”弗雷德姨夫说着，和霍姆斯先生碰了碰芥末瓶。房间里难得地有了欢乐的气氛。

我想，父亲一定喜欢朗姆酒，虽然他坐得笔直，似乎随时准备和人动手。父亲似乎很喜欢弗雷德姨夫和弗雷德姨妈的故事。来我们家的时候，他俩在国王大道上又大战了一场。他们对连通我们两家的这段路了若指掌，知道每一个方便停车的地方，知道什么地方的厕所干净，什么地方的厕所脏，知道哪里卖自制葡萄干馅饼，哪里卖香料蛋糕。弗雷德姨夫发誓说，某个服务站的餐厅里有最棒的早餐，有肝和培根，弗雷德姨妈说那个服务站的厕所里没有冲水把手，她可不想用脚踩。

他们在一个前不着村后不着店的餐厅吵了起来。一开始是争吵，弗雷德姨妈叫喊着站起来，把一碗糖浆浇到姨夫的头上，然后走了出去。她坐进汽车，锁上车门，想发动引擎的时候，想起自己的眼镜忘在餐厅里了，不戴眼镜她就没法开车。餐厅里，弗雷德姨夫在洗头上的糖浆，女侍应拿来湿布，让他把身上擦干净。弗雷德姨夫丢下馅饼，埋了单，抄起姨妈落下的眼镜，气冲冲地走出饭店。他绕着汽车说狠话，直到弗雷德姨妈把车窗摇下一英寸，打开车门锁。就在这时，姨妈看到姨夫的大耳朵里有一滴金黄色的糖浆，她狂笑起来，这让姨夫再一次暴跳如雷。等姨夫坐到方向盘后面，姨妈挪到副驾驶位置，两个人都已是精疲力竭。他们锁上车，又一次走进餐厅。这次他们都没胃口了，只点了一壶茶。他们喝着茶，平静了下来。他们回到公路上的时候，路边的一只大蓝鹭正在伸展翅膀。弗雷德姨夫信誓旦旦地说：这是个吉兆。

他们俩轮流讲着这些事，直到我问：“你们吵什么呢？”

没有人说话了，他们都不记得了。“一定是些鸡毛小事。”弗雷德姨妈说。她耷拉着眉毛，看着弗雷德姨夫的眼睛，意思是“他不让说”。

“我想这不重要。”弗雷德姨夫说，尽管我们都在等他的答案。

弗雷德姨妈后来背着姨夫告诉我们，她记得手里拿着糖浆碗时，冒险的冲动像波浪一样在她身体里翻涌，而且她也知道自己要做什么。我试着想象菲尔往霍姆斯先生头上倒糖浆，但怎么也想象不出这样的场景。

吃过晚餐后，大家都到了客厅，听《波士顿·布莱基》。弗雷德姨夫最喜欢这个节目，不论是在自己家里还是在外做客，一次都没落下过。他和弗雷德姨妈静静地坐着，一点因吵架记仇的意思都没有。

姨妈和姨夫回家之前，我无意中听到母亲对姨妈说，自己非常喜欢在店里工作。“这工作适合我，我喜欢，”她说，“虽然有些顾客很讨厌，一点小问题就会抱怨个没完。”母亲花白的头发现在留到耳朵下面。她买了一副眼镜，小小的、圆圆的镜片让她的眼睛看起来变大了。到了晚上她总是很精神，开始讲她自己的故事，关于店里那些来来往往的顾客，他们想买什么，怎么付钱，还有他们口中的生活琐事。某人的哥哥是个侏儒，割了阑尾以后又长高了一英尺半。还有某人的姐姐二十年前在渥太华和威尔士王子跳过舞，到现在还在和人炫耀，不仅如此，她的姐姐居然幸运到和王子跳了两支舞。

我和艾丽礼拜六去店里帮忙时，菲尔教我们：眼睛盯着剪刀尖，就能笔直地剪开布料；丈量布匹时可以把一只胳膊伸直，鼻尖到指尖的距离就是最好的尺子。“这么长是一码。”她说，把一边的胳膊伸直，“只要你不扭头，这就是一把标准的码尺。”菲尔还跟我们讲她童年时的故事，那时她和弗雷德姨妈还小，住在一个房间，甚至睡在一张床上，就是现在我和艾丽住着的那个房间。

和菲尔相反，霍姆斯先生晚上回家后精疲力竭，他的疲惫就像条烂披风一样罩住了我们。父亲很难让别人喜爱，但我们生活在一起，爱是真实存在的。我们知道他爱我们，但很难给他同样的回报。我想知道为什么会这样，但没有人能回答我。如果我们能见到爷爷奶奶，也许能知道点什么，但没有这个机会了，因为他们早已不在了。

我回头去翻《格氏解剖学》，想找找看有没有和我在父亲身上观察到的症状相关的描述，但他显而易见的疲惫和那些解剖学描述都不符合。我又拿出《家政女王》，在“常见疾病”这一章，找到了和神经性疾病最接近的建议。我看到书上写着：情绪会损害大脑，每个人的大脑都足以连续工作八小时，但更长时间的脑力劳动会让人紧张、疲劳。

我不知道霍姆斯先生为什么故意让自己走向这种灾难。他从店里回家后，吃完晚饭就睡觉了。有时候他睡在沙发上，我们做完作业就不能听广播了。有一次他在客厅里睡觉的时候喊了起来：“放下那些扣子！抓住，快！倒在这里！”我和艾丽正趴在餐桌上写作业，我们互相看看，耸耸肩。霍姆斯先生的脸日渐消瘦，黑眼罩也遮不住他脸颊上的那块骨头——颧骨——上的黑眼圈。我想起《格氏解剖学》和那块骨头上的凹洞，那页上的凹洞看起来很大，都能吞下整张脸了。

我又看了看《家政女王》，鼓起勇气警告霍姆斯先生，如果他再不注意大脑超负荷工作的恶果，可能就来不及了。我站在沙发上读出那些症状：目光呆滞、头重、饭后反应迟钝，这些都会导致精神错乱，甚至死亡。另一个晚上，我读了另外一段，让他知道，如果他继续忽视关于大脑疲劳的警告，不仅会被人看作傻瓜，还会被人看作罪人。霍姆斯先生突然多了个症状——容易被自己最小的孩子激怒，“常见疾病”那一章没写到这一条。他站起来，脸通红，露在外面的那只眼睛怒视着我。我马上就溜出了房间。

疲劳就是霍姆斯先生患病时的常态，整个战争期间都是这样，我们家对此已经习以为常。事实上，我并不知道，家里也没人知道的是：霍姆斯先生当时有慢性肝病。他死在一九四五年的秋天，小镇庆祝战争胜利短短两个月之后。那一年，特里克平安回来了，是最早回来的那一批。霍姆斯先生出席了艾丽和特里克的婚礼，但他站不稳，皮肤和眼白也已经黄染了。他不喜欢被人搀着，但面对客人时还是尽量保持微笑。霍姆斯先生还没病到要中场退席，我们都很高兴。婚礼前一天晚上，他主持家庭晚餐——丰盛的烤火鸡大餐。霍姆斯先生切开肥硕的火鸡，小心地取出许愿骨，交给艾丽。艾丽一直保存着，完完整整，直到今天。

19

万古磐石为我开
让我藏身在主怀

我的声音像泰坦尼克号，沉了下去。

这是霍姆斯先生最喜爱的赞美诗，我们在他的葬礼上唱的就是这首。丹姥姥、菲尔、弗雷德姨妈、艾丽，加上我——五个女人坐在前排。我们穿着黑色礼服，戴着黑色手套和带面纱的黑帽子。我们一起站起来，一起坐下，一排人手拉着手。

每当我回忆起那天，就想到乔治六世葬礼上的照片。玛丽王后、王太后和莉莉贝特穿着黑色的丧服，长长的面纱披在头上、肩上，遮住了脸。很明显，她们都悲伤，但她们每个人看起来都很坚强。

父亲的葬礼上，棺材放在我们前面十英尺远的地方。我们盯着棺材，似乎担心霍姆斯先生会突然大喊一声，推开盖子。我们熟悉的牧师病了，隔壁镇上的圣公会教堂派了一个从没和父亲见过面的男人过来主持葬礼。他指着棺材，用哀伤的语气谈起我们亲爱的、已经去世的康妮·休姆斯。

肯定是有什么人跟他讲的时候，把父亲的名字说错了。我们五个坐在前排的女人哄堂大笑。我头低到胸口，对自己说：我们的大脑正经受着疲劳、紧张、愚蠢和悲伤的折磨。教堂里坐满了参加葬礼的人，我们让他们大吃一惊，也让自己丢了脸。坐在我们后面一排的弗雷德姨夫和艾丽的新婚丈夫特里克不知道我们怎么了。我们笑了又笑，擦着眼泪，把手帕传过来传过去。我们抖动着肩膀，挤到一起。我们控制不住自己，虽然我们歇斯底里的样子被站在前面的牧师看得清清楚楚，但我们还是希望后面的人以为我们在抽泣。一片喧闹中，丹姥姥又制造了新的混乱——她把眼镜忘在家里，看不清下一首赞美诗上的字——新牧师选的这首赞美诗，我们大家都不熟悉。菲尔摘下自己的眼镜，塞给丹姥姥。丹姥姥摸索着要把眼镜腿架在面纱后面的耳朵上。她回头看着我们，一副想要哭诉的样子。我们又爆出一阵大笑。我们不知道赞美诗的歌词，都没有唱。我们满脸泪水、大笑不止的模样被别人看得清清楚楚。

送棺材出去，走过侧廊的时候，我们都恢复正常了。丹姥姥挽着我的胳膊，走在我身边。我们的眼睛正好平齐，因为我差不多已经不长了，而她已经开始萎缩了。她压低着声音说："人生有哭也有笑，乔姬。但有时候，不知道该哭，还是该笑。"

父亲的棺材入土之后，我们又回到教堂大厅。弗雷德姨妈把我叫到一边，给我讲起外祖父丹福思的追悼会，那是丹姥姥接到那封电报、砍伤了自己的腿之后没多久，我还没出生。弗雷德姨妈满脸追思，她比我还小的时候，就没有了父亲。她说，因为外祖父被炮弹炸飞了，找不到可以埋葬的尸体，就算能找到遗骨，也没办法从法国运回家，所以外祖父的葬礼上没有棺材。维纳河镇的居民出城到我们的乡村教堂来吊唁。汽车、马和马车沿着泥土路一字排开，在墓地边一个挨着一个。丹姥姥那条受伤的腿笔直地伸着。教堂里的每一排都坐满了人，不得不在后面加了椅子，不然就得有人站着。丹姥姥低头坐着，听着外祖父同事和病人的回忆。后来她突然笑了几声，仿佛在说，他们对她爱着的丹福思医生根本是一无所知。丹姥姥曾抱着自己腿边的他，抚摸过他背部的肌肉；也曾用核桃粉做糖衣，为他烘焙他最爱吃的爱德华国王蛋糕。知道他只把奶油抹在面包卷的中间，也知道他用左手拿餐刀的，是丹姥姥；他为到丹福思祖屋看病的男男女女担忧时，夜里陪他坐在阳台上，和他分担的，是丹姥姥；肌肤在他手指的探索下柔滑如丝的，也是丹姥姥。丹姥姥又笑了起来，这次是痛苦的笑。

现在我坚信，我们在父亲的葬礼上大笑，是因为害怕。

20

我们现在要自立，彼此依靠。如果说康拉德·霍姆斯先生没死的时候，我们是以女人为主的家庭，现在就彻底是只有女人的家庭了。在父亲墓前低着头，盯着棺材被放进墓穴，盯着别人鞋子的时候，我们就意识到这一点了。丹姥姥的棉布绷带不露痕迹地裹在莱尔线袜下面。我们的鞋跟陷进松软的土里。我站在菲尔旁边，抓着她的手，隔着手套都能感觉到她在颤抖。我担心她随时会晕倒，便紧抓着她的胳膊，但她一直站得好好的，直到我们回到教堂大厅，问候前来吊唁的人。大多数人都在取用妇女服务团准备的三明治和茶水，菲尔和丹姥姥也是这个服务团的成员。菲尔毫无先兆地跪倒，躺到地上。我不确定她是老毛病犯了，还是因为缺氧才昏了过去。

弗雷德姨妈和弗雷德姨夫一起站在教堂大厅里，以前他们常常会在客人面前激烈开战，但那次没有。艾丽和特里克这对新婚小夫妻手拉着手。我正在思考自己的未来，脑子里混沌一片。回家的路上，丹姥姥坐在弗雷德姨夫的车里，看着车窗外，叹了口气说：

“我们还有些牧草地，那是我们的保障。”所有人都知道，父亲的绸布店十年来的生意一天不如一天，不得不盘出去。那绸布店也是我上班的地方。到那儿才几个礼拜，我就明白了生意有多惨淡——店里的收入勉强够还账单。

艾丽重回她的艺术道路，她用木炭条画画，有时用水彩笔。和以前一样，她还喜欢用彩色铅笔。艾丽和特里克在镇里有套房子，我去时，一眼就注意到客厅墙上一幅新画好的画。那幅画钉在泛黄的报纸上，我认出画中是父亲的绸布店，埋在雪底下，屋顶涂成白色，一块黑影表示门，大橱窗全被遮住了，只在中间露出不规则的一片。这片黑色里，有一张撕裂的海报，但还是能清楚地看出来，是那张白象海报，一只象眼安详地盯着外面。

艾丽再回丹福思祖屋时，和我一起坐在以前住的房间里，谈起父亲的过世。我们开始好奇：父亲留下了什么遗言？我问菲尔，但她有意含糊其辞，说不记得了。父亲早上七点十分死去的时候，菲尔和他一起躺在床上。她含糊的语气让我们很意外，但我们没再问下去。父亲有没有喊菲尔的名字？他知道自己要死了吗？他提到我们了吗？我和艾丽都问过，但菲尔总是缄口不语。

“我们一定要雇个夜里喊话的人，”艾丽私下对我说，“不然就太安静了，我们都会睡不着。”

事实是——我们睡着了。房间里的阴郁一扫而空，腾出的空间需要填满。绸布店已经卖出去了，我们准备交接。菲尔拉上家里的窗帘，客厅暗了下来。她慢慢走过房间，泡了杯甘菊茶，开始打电话给老朋友——她读中学时认识的女人和在店里买过东西的女人，她们向菲尔表示慰问和同情。然后，菲尔又开始干活了。

菲尔已经是出了名的好裁缝，镇上来的汽车停在我们家门口的短道上，穿着时尚鞋子的女人走进我家后门，在厨房里慢慢转身，让菲尔给她们量尺寸。她们把布料摊在桌子上，谈论着衣服样式要作什么调整。菲尔开始管自己叫“女装裁缝”。她摆弄衣角的时候，抿着的嘴唇里含满别针。她站在小矮凳上，在衣服腋下打褶，放大腰围，调整胸围，还有——她说起霍姆斯先生。

“他是个了不起的人，”菲尔从牙缝里挤出话来，指尖紧紧捏住一根针，这副模样估计连顾客也不敢得罪她，“一个很棒的人。他晚上回家，给我们讲他老家的故事，我们都很开心。他有文化，又勇敢。如果不是因为眼睛不好，他一定会上前线的。”

我看着菲尔，听着她讲话，无比震惊。命运让菲尔变成了寡妇，她准备好好过完余生，哪怕以后的日子都要重新规划。

后来我去镇上，和艾丽谈天。她已经习惯了为还在想象中的大宅创造人物角色。“也许回忆抑郁悲伤的往事太费神，”她说，“菲尔开始了新生活，从中汲取能量，还把霍姆斯先生塑造成开心的回忆，就像戏剧中的某些角色。”

确实，以前我们每天做完事就听菲尔讲故事，现在想起来，那些故事似乎都和霍姆斯先生有关。墙边的胜家牌缝纫机被推了出来，踏板来回翻动，家里时常响起嗡嗡嗡的声音。缝纫针飞快地敲击，轧过一码码的布料。菲尔丢掉了丧服，改写了自己的历史。她的人生还很长。

21

我曾经在书上看过，我们睡一夜，要换四十种姿势。如果四肢动不了，又会怎么样？血液会凝固吗？我只好对着空气挥拳踢腿——没有受伤的胳膊和腿。一条腿，一只胳膊，一半身体乱动——这就是我发明的“甲虫踢”动作。但我没有力气了，看来，我要永远在这里躺下去了。

强戈在户外出生，但不是在峡谷里，而是在比利时的田野中。赖斯告诉我，强戈很小时就能创作出非常棒的音乐。听着强戈的弹奏，我似乎能忘记烦恼，焕然一新。多么神奇的音乐精灵啊！但他也死在田野里了吗？应该不是。强戈从法国一个火车站回家时，死在了半路上。那是一九五三年，同一年，莉莉贝特在英国加冕。她在加冕仪式上非常严肃。镇上有两台电视机，放在市政厅礼堂里的舞台边。我们一百多人拥进礼堂，观看加冕仪式的转播。那时我的凯斯和莉莉贝特的查尔斯快满五岁了。

不错，铁路是历史的一部分。托尔斯泰死在火车站长室；我的外祖父乘军列离开，再也没有回来。守寡后的第一个感恩节，弗雷德姨妈刚烤好一只二十二磅重的火鸡，就装上满满一袋鸡腿肉，坐了一百六十英里火车送给菲尔。弗雷德姨妈只吃鸡胸肉，菲尔只吃鸡腿肉，所以，一点都不会浪费。还有弗雷德姨夫，他每天晚上自己熨衣服，然后穿着平整的白衬衫去睡觉，因为如果有火车出轨，或者有客车和货车相撞起火，就会有人叫他去。弗雷德姨夫是督察，要时刻待命。弗雷德姨妈拒绝给姨夫熨衬衫，但他要穿着熨好的衬衫睡觉，谁又会怪弗雷德姨妈呢？

还有一九三九年的皇家列车，弗雷德姨夫叫它“皇家包车”——莉莉贝特的父亲乔治六世、母亲伊丽莎白王后横跨加拿大，按照行程要在布罗克维尔的后站台停留。弗雷德姨夫开车赶到维纳河镇，接上我们一起去布罗克维尔。弗雷德姨妈、我、艾丽和弗雷德姨夫一起站在铁轨旁边，和其他铁路职员离火车一样近。四个表弟都没去，他们更愿意待在家里惹是生非。我们注视着皇家夫妇。王后戴着珍珠项链、珍珠手镯，两边袖子上有蓬松的白色软毛，像立着的暖袖。弗雷德姨夫对一个负责人说了些好话，讨了份火车上的皇家菜单给我们。回家的路上，我和艾丽读着菜名大笑不止：*腌什锦菜或女王橄榄、牛舌和木瓜果酱*。不过皇室成员也吃西红柿，和我们一样，还有绿豌豆。他们的甜点有派、布丁和水果可以选。仔仔细细看完这份菜单，我和艾丽又开始端详菜单封面上的彩色照片。国王、女王和两个王子戴着王冠，貂皮斗篷拖到铺了红地毯的台阶上，我和艾丽看着，满心欢喜。我们靠在弗雷德姨夫的汽车后座上，累了，不说话了，心满意足。

不过，已经够了。我还没活够，就要念叨着公主，腐烂在这里了。如果没人发现我，我的骨头就会变成橡树的一部分。再过几百年，我就成了硅化木上的一层了。

等我回家，冰箱里的奶酪应该已经发霉了。

不过，我可能再也没机会打开我的冰箱了。

我的貂皮披肩会怎么样？我已经很多年没披它了，但一直没扔掉。那条披肩是菲尔的，她搬去养老院那天，用牛皮纸袋装着给了我。霍姆斯先生死后，菲尔用做衣服挣的钱买了这条披肩。凯斯一直拿这条披肩取笑她。要么被冻，要么被嘲笑，自己选吧。凯斯可能会把它扔到剧院储藏间的某个大衣箱里，什么时候排古代戏才拿出来用。

哦，不要想这些，乔姬。振作起来。会有人来找你的。相信就好。

我是没条理女士，哈利是对的。我集中精力的时间不会超过两分钟。

死一般的寂静，静得可以听到一只什么鸟扑动翅膀的声音。到了夏天，我和艾丽躺在田野里，看着一大群一大群的鸟向着一个方向迅速飞去。那些鸟像一个整体，平面铺开，像一块布，在天空中一闪而过，转向我们也不知道是哪儿的天际，消失了。它们要去哪儿？这是个谜。

如果现在有人想找到我，我就是个谜。菲尔可能正坐在她的助行器上，纳闷我到伦敦后为什么没和她联系。我说过我回来之后才会给她打电话，但不管怎么说，她肯定希望我打电话给她。

菲尔在等她的猪皮手套。

现在我已经很明白，菲尔认为自己理所当然应该长寿，她要比任何人都活得长，包括我。菲尔已经比自己的丈夫、姐姐、姐夫、我的丈夫还有她的朋友活得长，她打算比养老院的其他住客都活得长，她称呼那些人为“狱友”。她还开始偷东西了，我第一次听说的时候，简直不敢相信。

我越琢磨这件事，越是意识到，她往这个方向发展已经有些日子了。她决定自己也加入“狱友”之前，就痴迷于看犯罪剧。她记笔记，称之为“嫌疑报告”。从我们老房子的窗户望出去，四周都是新建的排房，菲尔记下所有她认为可疑的动静。她这么做的理由是：如果被传去做专家证人的话，可以提供可靠情报。她把那些证据写在黄色的便笺纸上，所以后来都找不到了。那些纸头被卷成一团，扔进了厨房里的一个抽屉。我登广告卖房子之前，随意看了几张。

——高个子年轻男性，黑头发，进入拐角的房子。双手拿着白布。

——女性，宝蓝色外套（不合身），在门口推销。诈骗？没给她钱。

——男性，格子夹克衫，走在路中央，被石墙挡住，原地踏了四步。疯子。

这是我记得的几条。

养老院在礼拜一换床单，菲尔也只在那天偷东西。她住进去六个月后，护士邀请我去参加他们的工作会议——主题是菲尔偷东西的事。菲尔没在场。

“我没有伤害谁。”她后来对我说。我突然感到厌烦。我看着面前这张假装无辜的脸，怀疑我们是不是已经互换角色，我倒成了菲尔的母亲。

“我出去遛弯的时候拿东西。”她继续说，“没人注意的时候，我溜进房间。护士迟早会发现我把它们藏在哪里，还给它们的主人。不会伤害到谁的。”

“你偷了什么东西？”

“腰带、纽扣、梳子、一面手镜——那种老式骨柄的。我从莫迪·汉斯罗那儿偷来的。还记得她吗？大概比我小十岁，经常到我们店里来。有一天她买了块毛绒布头，非说我少找了钱给她。现在她也住到养老院来了，我偷了她的镜子。活该。

“我还偷巧克力棒，但我没吃，只是拿回来。我拿些能藏到衣服下面的小东西。”菲尔一边说，一边看着我的脸，“偷东西也消耗精力，你知道的。”她垂头丧气地看着地板，接着又抬起头，神神秘秘地说：“你都想不到，偷东西有多无聊。”

工作人员没有乐。有人报告说，菲尔偷了前门小商店桌子上的锡制储蓄罐。主管护士说：“在您母亲房间里的窗台上发现了这个储蓄罐，在窗帘后面。”

后来我问她：“你为什么偷那个储蓄罐？你又不是没钱，为什么不花钱买呢？”“我花钱了，”菲尔说，“我投了个两毛五的硬币进去，然后偷走了储蓄罐。”

偷东西让她充满活力。

哦，莉莉贝特，王太后去世前，你也操心这种事情吗？你也要担责任吗？我知道你叫她母后，因为我在电视上听过，你在一次赛马中这么喊她。她也总是指挥你吗？至少你不需要做她的司机。会有忠诚、可靠的人安排，让母后充实、开心。

我想这都是菲尔的朋友特尔・罗尼教唆的，莉莉贝特，我相信一定是罗尼负责把风。他和菲尔是马特和杰夫组合[①]，但我很高兴他俩能凑到一起。特尔・罗尼差不多有六英尺高，弯腰驼背。菲尔俯在助行器上时，只有五英尺两英寸。但她走起路来还是很快，那又是另外一回事了。特尔・罗尼讲话的时候，绝对不会站着不动。我和他聊了一会，他就闪开了一英尺远。我必须提醒自己，面对特尔・罗尼时要扎稳脚步，不然就会被他带走。特尔・罗尼坐立

---

① Mutt和Jeff是20世纪初美国连环画中的主人公。马特个高贪婪，是狂热的赛马爱好者；他的同伴杰夫秃顶个矮，来自精神病院。

不安，摇头晃脑，一刻也不消停。后来他坐下来，我才松了口气，这时候他的行为举止就和正常人一样了。

有天晚上，我和菲尔通电话，就要挂断的时候，菲尔很自然地说起特尔·罗尼，那是我第一次听她提及这个人。我承认自己很惊讶，何况菲尔从来没有表现出要再找个伴的意思。

“哦，我新找了个男朋友。”她说，“他九十二岁，住在大厅那头。我唯一不喜欢的就是他扳响指。你可能会觉得好玩——就算我在自己的房间，用枕头蒙住头，他手指关节发出的声音也能听得清清楚楚。”

菲尔停顿了一下，似乎在想自己是不是说得太多了，然后她接着说：“他叫特尔·罗尼，会像老派的人那样伸出胳膊。我到他房间去，我们就把门关上。因为这个，其他狱友都很生气。早餐的时候，莫迪·汉斯罗还说，‘我想我们都经历过那种事，那不太好。’”

我没有追问。

“还有，”菲尔说，“特尔·罗尼知道怎么逗我笑。”

在这一点上，特尔·罗尼和霍姆斯先生不一样，所有人都和霍姆斯先生不一样。

二

鼻中隔

22

如果我早点搬到博卡大宅去，现在就不会躺在这里了。哈利去世之后，艾丽和特里克一直想说服我搬去佛罗里达和他们一起住。但我怎么能抛下菲尔呢？她身边需要一个女儿，哪怕这个女儿是断了骨头的。

如果哈利还活着，他会伸手把我拉起来。

我能依赖哈利。他小时候要去哪里都有人用英格兰坐垫抬着，谁不想依赖这样的人呢？确实，谁不想嫁给这样的人呢？我们整个恋爱过程就像场庆典，现在，我可以去想想其中一些欢庆的片段。

婚礼那天，我穿着淡蓝色的礼服，配同色的毛毡猪肉馅饼帽[①]。我怎么会戴那顶像猪肉馅饼一样的帽子呢？后来我看到婚礼上的照片，也怀疑自己的品位。但当时我肯定是喜欢那种款式的。我看起来傻乎乎的，不知道中了什么邪，才想起来要戴那种鬼玩意。艾丽怎么不说说我呢？还有菲尔、丹姥姥？弗雷德姨妈为什么没发表意

① 套叠式平顶圆帽，形似馅饼。

见呢？

我认识哈利几个月之后，他开玩笑地提到那个坐垫。我默默念着：绸缎、流苏、王子，一张张画面在脑海里闪过——训练有素的年轻卷发侍从穿着奶油色制服，列队等候能有幸接送年轻的哈利。我的想象中似乎出现了一个天真无邪的英国小孩，缠着大大的包头巾，额头中央嵌着一块绿宝石。他应该是从《伊丽莎白公主的礼品书》里走出来的。

凯斯上一年级时，问到我和哈利的关系。

“你和爹爹怎么认识的？你怎么知道他爱你？你怎么知道的？”

我想说：“是因为他的力量，他的力量能充满他到过的每个房间。”我想说：“是因为他的声音，他的声音那么平和，从来不嚷嚷。还因为他的温柔，他的肩膀。要是你见过他刚从前线回来时的肩膀就好了，那伤痕累累、歪斜着的肩膀。”我想说：“是因为我们俩之间燃出了爱火。”

但我没说这些，我说：“我嫁给他，是因为那个坐垫。”

“给我讲坐垫的故事吧。”凯斯说。

我每次讲这个故事，细节都不一样。凯斯似乎不介意哪些是真的，哪些是假的。事实是：几乎所有情节都是我编的，因为故事就是故事，只为了哄凯斯开心。直到最后，关于这个故事，我已经编造不出新鲜的情节了。

真实的故事是这样的……

直到我们快结婚的时候，哈利还很少讲他以前的事。他不是个健谈的人。我相信，他惧怕回忆自己的经历。但一旦开始，往事便争相涌现出来。他像个要从阁楼逃生的人，把回忆当成床单，一条条接在一起，忙不迭地从窗户扔出来。

三岁时，哈利在英格兰成了孤儿，之后的四年，他在伦敦郊区的一家孤儿院里度过。刚到那里的时候，他身体虚弱、营养不良，而且发育迟缓。因为他总是生病，又细又脆的腿骨甚至支撑不起他的身体，用他自己的话说，“它们就像两根火柴棒。”大一点、强壮一点的孤儿不得不用坐垫抬着哈利——那个凹凸不平的坐垫是他们从花园里废弃已久的一张椅子上拆下来的。那些孩子把这个当作游戏，并不介意抬着哈利到处跑。

哈利被这家孤儿院收留，很快他就能自己走动了。四年后，他七岁的时候，跟着一艘船来到加拿大。当时是二十年代，一战刚结束不久。哈利和其他五十九个年龄在三岁到十五岁之间的孩子一起，挤在狭窄的船舱里渡过了大西洋。护送他们的是五个大人——两个女人和三个男人。每个孩子都领到了一个小箱子和一本圣经。这群人上岸后，每个孩子都把写着自己名字的牌子挂在脖子上。有些孩子太小，一激动就会尿裤子。船上的一个水手给哈利看他阴茎上的溃疡，说那是“干那事”得来的。哈利不明白“干那事”是什么意思。

船停靠在哈利法克斯，孩子们从那里登上火车，几天以后到了多伦多。两个穿着长裙的女人在车站迎接，把他们带到一间房子里临时休息。门边有个标牌，可惜哈利不认识上面的字。

“我永远不会忘记在那间房子里吃的第一顿饭，”他告诉我说，“鸡肉和土豆、胡萝卜、大块面包、厚厚的黄油，我吃了两份。还有甜点，是葡萄干馅饼。”哈利笑了，仿佛这顿饭是他童年时代唯一真正美好的回忆。他靠在沙发靠背上，深吸了一口气。“我在那儿很安全，也能吃饱，但三天后我们就离开了，再也没有回去过。就算我自己能回到多伦多，也不知道怎么找到那间房子，不知道那是什么地方。”

乘船返回英格兰之前，负责护送的一个男人在船上问哈利记不记得自己的哥哥姐姐。他俩都在哈利之前到了加拿大，被送到西部不同的农场里。对哈利来说，那男人说的话像童话一样。从三岁起，哈利就是独自一个人，他从没想过自己会有兄弟姐妹。

一个农夫申请领养个小男孩，于是哈利再次被送上火车，独自来到安大略省乡下的某个小镇。哈利不知道自己会去哪儿，当火车停靠在一个车站的时候，售票员示意他下车。哈利再一次把名字挂在脖子上。他爬下火车，铁轨边却没人迎接。哈利想回到火车上，但火车已经咔嚓咔嚓地开走了，把他丢在后面。最后，站长注意到站台上的哈利，给他一张椅子坐在外面。

“那时，我才明白我有多孤独。”哈利说，声音变得很柔和，“那是我第一次感觉到自己是一个独立的人。那年我七岁。”

哈利说话的时候，我没有动。我试着想象一个小男孩，他从没想过自己会和其他孩子分开，从来没有孤身一人，却突然发觉自己坐在铁轨旁边，两边是茂密而可怕的加拿大森林。

“那是我第一次真正意识到要靠自己了。”哈利说，“我四下看看，瞅着灌木丛。天啊，我不明白为什么我没有妈妈。我坐在椅子上，不停地哭。我觉得肺都要哭翻过来了。”

哈利其他的往事更让人不忍心听，但他决定全部告诉我。和孤儿院的管理员分开后，收养他的农场没给他房间，而是让他睡在杂物棚的阁楼上，床铺是用干草铺的。冬天，哈利忍受着雨雪冰霜。鞋子穿不下的时候，也没有人给他买，哈利只能用破布裹住脚。那家人给了他一双大了好几号的旧胶鞋，只是为了方便他在牛棚里干活。哈利没得到任何酬劳，也不许在餐桌上吃饭。农夫一家人都吃完了以后，哈利才能得到些残羹冷炙。更糟糕的是，农夫和他的妻子有个儿子，和哈利同岁。这个男孩穿着整洁的衣服，还可以去上学，但哈利不能。十一岁时，哈利逃跑了，刚跑到邻近的村子，就被抓回去暴打一顿。之后的每一年，哈利十二岁、十三岁、十四岁时，他都逃跑过。最后，没人追他了，他永远逃离了那个农场。哈利为农夫做了七年奴隶，没有得到一分钱报酬。

哈利沿着铁轨往南走了三天，累了、困了，就在田野和谷仓里休息、睡觉，渴了，就喝小溪里的水。最后，他到了一个比较大的镇子，而这个镇子恰好就是维纳河镇——在他与世隔绝的七年里，哈利从没听说过这个地方。这个镇子有一条主街、一个火车站、一个汽车站、一家医院和很多小店。镇子外面有一个采石场、几个采石坑，还有家罐头厂。哈利向商店里的人打听，得知当地一个叫狄克森的农夫正要雇人，于是又走了三英里——这次是向东。哈利到了狄克森的农场就被雇用了。狄克森给哈利提供食宿，每个礼拜还给他两块钱工钱。哈利有了自己的房间，在夏季厨房的上面，他从没住过这么好的地方。不仅如此，狄克森太太以前做过教师，几个礼拜以后，她开始教哈利认字写字了。哈利爱上了这里——他的第二个收养家庭。他和狄克森夫妇一起生活了几年，直到狄克森先生再也雇不起他。那正是大萧条的年头，大家都缺衣少食。哈利和狄克森夫妇一直保持着联系，但他搬到了镇上，到处打零工。到了一九三九年，哈利攒够钱，给自己买了第一套西装。那套人字纹的西装二十二块钱，很适合他苗条、健美的身材。买下这套衣服两个礼拜之后，哈利参军了。他去和狄克森夫妇告别时，把西装留在了那里。他告诉狄克森夫妇，说自己会回来的，希望他们帮他保管这套衣服，因为他打算在战争结束后找个女人结婚。那个女人就是我，但那时我们都还不知道自己的另一半是谁——我和哈利甚至还没见过面。

我第一次见到哈利·维特利，是在一九四六年。战争已经结束，哈利刚回国。他的船在离英国海岸不远的地方被鱼雷击沉，他落水后被另一艘船救了上来，但这艘船又被鱼雷击沉了。你可能会觉得，有谁会这么倒霉？光这些还算不上倒霉，一个炸开的金属碎片插入哈利的肩膀，他又一次掉进大西洋里，喝着咸涩的海水，大声呼救。那次爆炸在哈利身上留下一个向内蜷曲的伤疤，比他的拳头还大。

哈利在英格兰南部的医院里接受治疗，直到恢复到可以工作。他回复了《维纳河时报》上的一则广告——“诚聘优秀男青年，无需工作经验”，得到了那份给荷兰珠宝商人做学徒的工作。这个珠宝商人刚移居到加拿大，在主街上开了家店，和曾在我父亲名下的那家绸布店隔了三家店铺。荷兰珠宝商姓林——Ring，这个词还有戒指的意思，联想到他的工作，镇上的人都觉得这个姓氏很有趣。他给自己的店起名“双戒”（Double Ring）——代表他和他妻子。林太太有一本黑色的账簿。她衣着朴素，但耳坠在亮光下光芒四射。有人说，林太太的所有首饰都是她丈夫亲自设计的。

林先生名叫科尔内留斯，是个六十多岁的驼背男人，手艺非常好。他搬到维纳河镇，是因为他从二十世纪三十年代起就住在这里的表弟在战后写信到荷兰，告诉他这个镇子通铁路，不断有企业开张，这个地方的发展速度会比车轮上的辐条转得还快。

一战的最后两年里，林先生在自己的国家艰难度日，哈利告诉我，林先生几乎从来不聊这个。很难想象这样的场景：两个沉默寡言的男人坐在店里，偶然间，突然说起尘封的往事。哈利曾穿过加拿大军装，林先生对这个很满意，有时也会跟他说起沦陷前自己所在的荷兰小镇。林先生战时藏了很多钻石，靠卖出这些钻石，他才得以重新开始。对他来说，维纳河镇意味着新世界，他和他的妻子小心翼翼地又燃起了希望，即使他们心里还有隐隐的伤痛。据说他们在一九四四年到一九四五年的荷兰大饥荒中失去了亲人，也可能是在抵抗运动中。可能是女儿，也可能是儿子，没人知道。

哈利给林先生工作不久以后，我们就认识了——在我从六岁起就去跳舞的圣公会教堂大厅的舞会上。他和同住的一个朋友听说礼拜五晚上有舞会，就从镇上搭顺风车来了。哈利站在我面前，邀请我跳舞。他比我高一点，斜着肩膀，手指纤细，低沉、沙哑的声音带着老式英国口音。我挽住他的胳膊，让他把我带进舞池。

又过了八天，一个礼拜六的晚上，哈利从镇上走了两英里来到丹娒娒家，敲开门，轻轻地和丹娒娒、菲尔说着话——他开始追求我了。之后他经常过来。几个月后，丹娒娒要看他身上的伤口时，他在厨房向丹娒娒和菲尔展示了身上的伤疤。毫无疑问，丹娒娒想起了三十年前那次让她失去了丈夫的爆炸，她对哈利说起外祖父的遗言，还有她怎么听到那些遗言。哈利掀开衬衫，让她检查自己的伤疤。丹娒娒前前后后端详完这些伤疤，点点头，示意哈利可以穿好衣服了。丹娒娒一直都喜欢哈利。

23

不能总想着哈利无父无母的童年。他跟我讲到这些的时候，我心里就很难受，接下来好几个礼拜还会一直想起。我为那个坐在铁轨边木椅上的小孩心痛，为睡在杂物棚里、饱受冻疮之苦又不能上学的男孩心痛。我为他受到的不公感到愤怒，鄙视那些虐待他的成年人。但这些事都过去很久了，那时我还没有出现在他的世界中。

艾丽二十一岁结婚，我也是二十一岁时嫁给哈利。那是一九四七年，我认识他的第二年。莉莉贝特和我同一年结婚——也是二十一岁。我的婚礼在八月，她的在十一月。我们结婚时都是懵懂无知，我、莉莉贝特，还有艾丽。我们懂什么？菲尔和霍姆斯先生教过我和艾丽什么？王太后和乔治国王教给莉莉贝特什么？我只知道，在大洋的这边，我们身边的空气是如此闭塞。

结婚后的一天，我正想着这些，菲尔给我讲了丹姥姥做助产士时发生的一件事。有次，一户农家有人要生产，喊丹姥姥去接生。她到了那儿之后，看到一个女孩坐在床沿上，就要临盆了。这个女孩端着一个搪瓷盘放在下巴下面，因为她一心认为孩子会从自己嘴里出来。

丹姥姥拿走盘子，让女孩躺下来。孩子生出来之后，丹姥姥剪断脐带，擦洗干净小婴儿，又用油涂抹。丹姥姥送了一块新的婴儿皂给这个新做了妈妈的农妇，又在木炉上烧了些布条来掩盖生产留下的味道，然后就坐在床边的椅子上，教这个女孩一些作为母亲必须知道的知识。

"那女孩最多十七岁，"菲尔说，"最让丹姥姥担心的是，那女孩还在纳闷——小婴儿是怎么跑进自己身体里的。"

菲尔就说了这么多。

我觉得有趣，不是因为这个故事，而是因为这个故事居然从菲尔嘴里讲出来。有些东西是我们应该知道的，但以前从没有人想过要教给我和艾丽，等到我们两个都结婚了，再讲那些就没有任何意义了。丹姥姥一直没和我谈论过这类话题，哦，如果我小时候讨论男女互补的那次也算的话，那就只有那一次。

我给凯斯讲完哈利、他的坐垫和我们的恋爱故事后，她抬起头，看着我说："故事结束了吗，妈妈？"

当然没有结束。后来我嫁给了哈利，穿着淡蓝色的婚纱，戴着那顶猪肉馅饼帽。

我们的父亲死了，艾丽嫁给了特里克，我还留在家里，和丹姥姥、菲尔住在一起。霍姆斯先生的葬礼后不久，一个叫艾拉的男人买下了绸布店，他要我继续留在店里，做菲尔以前做的活——接待顾客，订购布料、丝带、纽扣和针线。每天早上，我就走到邮箱旁边，莫特的儿子朱尼亚开车路过，捎上我一起进城——他在镇上的五金店上班。天气很冷，我很高兴有顺风车坐，每个礼拜给他五毛钱油钱。父亲的车被特里克开走了，周末他会开车回乡下。丹姥姥和菲尔想去哪里，特里克就带她们去。

我的老板艾拉高个子，弓着背，短下巴。第一眼看到他，我同时想到了《格氏解剖学》和格林菲尔德小姐。艾拉刮过胡子，可脸颊上还留着铁青的胡楂。他的形象让我联想到憔悴、过度消瘦和弯曲的字母C。面对别人的时候，艾拉会先凑近，然后马上退回去。他接手父亲的店铺后，头一天做的事情就是清仓甩卖。我和艾丽、丹姥姥、菲尔站在人行道上，看着一匹匹熟悉的彩格布、羊毛布料和薄纱被人夹在胳膊下拿出去，放进车里带走。不到一天，霍姆斯先生的产业已是面目全非。

结婚前，我和哈利已经攒够钱，在镇上租下一套三居室的平房。我们打算度完蜜月就搬进去，一直住到我们买得起房子。事实证明，攒钱买房子可没有我们想象的那么轻松，直到凯斯高中毕业，我们才住进新房——山顶上那套看得见峡谷的房子。

我和哈利一九四七年八月二号结婚，婚礼很简单，只请了九个客人，其中就有狄克森一家——哈利参军去的时候帮他保管西装的那家人。哈利的腿一直在颤抖，他抱怨穿着西装很热，不过我们还是坚持到了婚礼结束。

作为结婚礼物，菲尔送给我一台电动缝纫机；艾丽画了一幅炫目的画——乡下白色的丹福思祖屋，四周都是亮光；丹姥姥送给我那棵玻璃叶子的树——曾在已故外祖父名下的“生命之树”。我和哈利的蜜月计划比较简朴，打算到纽约州的雪城玩三天。包括过境，到那儿一共需要四个小时。我们两个人都没去过美国，我以前还从没住过酒店。

我们曾经想过，要去纽约州的博览会看看，但日本人偷袭珍珠港之后，这个博览会就暂停了，一直到战争结束后才恢复。我们住的酒店靠近南萨莱纳和杰斐逊，在剧院和购物区。我想去勒夫剧院，因为之前就听说那里富丽堂皇，有宽阔的楼梯和蒂凡尼的水晶灯。我和哈利要去的是人口超过二十万的大城市，而且我们没太多钱。不过，就算只能在费耶特公园和古老的伊利运河波光粼粼的岸边散散步，我们也不介意。哈利的老板林先生以前和他表弟一家去过雪城，他给我们介绍了那里所有的景点。

我们必须在维纳河镇坐公交车到金斯顿，在那里换乘灰狗巴士，沿新建的千岛桥过圣劳伦斯河——我们还只在报纸上看到过这座大桥。狄克森一家开车把我们送到公交总站，我和哈利的蜜月旅行就算开始了。我们手牵着手坐在车上，巴士开到连接两国的钢铁长龙上时，已经是傍晚了。我盯着宽阔河面上的阴影，默默地念叨我的新名字：乔治娜·丹福思·维特利。巴士上很拥挤，但我没看别人，我也从不记得那次旅行中看到的任何面孔。在奔流入海的黑色河水上空，我敢说：我和哈利是彼此相爱的。虽然我们不用经历惊涛骇浪，但我们永远不会分开。我把头靠在哈利的肩膀上。丹姥姥是这么感受外祖父的，菲尔一定也是这么感受霍姆斯先生的——在他开始半夜里大喊大叫之前。艾丽和特里克相视而笑时，或者特里克经过，艾丽用手抚摸他的肩膀时，我从艾丽脸上看出了这种心境。我感受着哈利肩膀上传来的体温，知道他的大腿紧挨着我的大腿。很久以前丹姥姥给我解释过的男女互补的身体部分，实实在在就在那里。

一路上哈利都在睡觉。我握着他暖暖的手，不想叫醒他。遗憾的是他没看到大桥，不过我知道，返回的时候他还有机会看到。我们戴着哈利从科尔内留斯·林的店里买来的黄金对戒，接下来大半年里，哈利要用自己的工钱分期付款给他。

巴士到达雪城终点站，司机还没进站下客，我就在路边小街上发现了我们要住的酒店。从酒店出去就是小街，然后是一个狭长的街区，还有另一个街区的一部分。我摇了摇哈利，他不情愿地醒了。我们下了车，拿着行李，走进一条车水马龙的分岔路。我从没见过这么多车，而且大多数还是新的。我们进了酒店，登记后坐电梯上了楼，哈利四仰八叉地躺在床上就睡着了。

怎么会这样？我们俩第一次共处一室，而且我们已经结婚了。我坐在他身边的床上，灯光从下面的街道照进来。我想叫醒他，但被他甩开了。他的语气很严厉："让我歇会儿，乔姬。别管我，我就睡一分钟。"

但他说到没做到。

两个小时过去了，我很饿，还一肚子火。我换了衣服，梳好头发，坐到窗户边的扶手椅上，看着外面城市里的灯光，盯着一群美国黑人从窗户下面走过，能听到他们在轻声说笑。我又一次叫醒哈利，告诉他酒店餐厅很快就要打烊了，我饿得不行了。他身上还是那套人字纹西装，被他睡得皱巴巴的。他呆呆地看着我，好像看不清楚我的脸似的。这是我选择的那个深情男人吗？那个选择我的男人？他磨磨蹭蹭地下了床。

侍应是个五十多岁的男人，穿着白衬衫、黑马甲，系着领结，没有穿外套。他正在做打烊前的清洁，餐厅里空荡荡的，我们这么晚才去，让他有些不高兴。我当时看起来应该很激动，因为他突然间变得和气了，我看得出来，他对我有些歉意。"好吧，"他说，"你可以点牛排和土豆。厨房里只能做这两样了。也许还有几个蘑菇。"

报以好意，我承诺吃完就走。我和哈利留了足够这三天吃晚餐的钱，由我保管。我把装着这些钱的钱包放在手提包里。早餐是包含在房费里的，不用操心。至于午餐，我们出去观光的时候吃点水果和三明治就行了。

餐厅上层的玻璃是有色的，整个房间都笼罩着绿光。我突然有种感觉——我和哈利正在水下面，刚才是游到餐桌前的。侍应的鼻子就像被人迎面狠揍了一拳似的，我看着他就想起鼻中隔——扭曲的鼻中隔。他从门口走到厨房的时候瞄了我们几眼，抹了抹脸颊。他一定在想，我们怎么这么年轻？为什么不说话？从我和哈利坐下来，我们俩就谁也没理过谁。侍应端上牛排的时候，哈利抬起胳膊，似乎想阻止他靠近。餐桌上的吊灯离桌面很近，哈利的胳膊撞到了吊灯，吊灯在我们头顶疯狂地荡起来。

“嘿，别冲动。”侍应喊了起来。我看到他绷紧身体，一副准备打架的样子。

我长出一口气，顿了顿说：“你不舒服吗，哈利？到底怎么了？”

他看着我身后，没有理会侍应，站起来自说自话道：“我要上楼，回房间去了。”吊灯还在荡来荡去。我所爱的声音走了。我切了一大块牛排塞进嘴里，想尽快嚼烂，但剩下的食物都浪费了。我不敢问是不是可以打包，因为我不想那个侍应可怜我。他两只手各端起一个盘子，耸了耸肩。“吃不吃是你的事，”他说，“但你不该给厨师添麻烦。”我付了钱，嚼着嘴里那块牛排，跟着哈利进了电梯。刚进房间，他就瘫倒在床中间，没给我留一点空。我穿着衣服睡在扶手椅上，哭到半夜。哈利躺着没动。

第二天早上，他还四仰八叉地躺在床罩上，衬衫前面有一块块汗渍。我怀疑他已经如暴徒般失去理智了。我试着想象家人们会说什么，换成她们会怎么做。我需要她们在我身边——艾丽、菲尔、丹姥姥和弗雷德姨妈，我希望她们能为我出气。哦，不错，这就是爱，她们懂的。我走进铺了瓷砖的浴室，吐了。我冲了个澡，换上新衬衫、新裙子，下楼去吃早餐。等我独自吃完回到楼上，哈利还在睡。我站在床边，硬把他弄醒。他瞪着我说：“你是谁？”

这样的婚姻生活让我措手不及。

我再看他，感觉自己面前一片黑暗。我很害怕这种感觉。我压住怒火和泪水，告诉自己：我是在否认事实。我的丈夫是爱我的，他一定是生病了，头脑发昏了。我摸了摸他的额头——滚烫。

我的第一个念头就是：哈利会客死他乡；第二个念头是：我们没有钱看医生。为什么没人提醒我们，过了国境线，医疗费会这么高？

我必须带哈利回家。

我在发抖，感觉自己就快站不住了。我问哈利想不想喝水，喂他喝了几小口后，他又躺下了，眼神直直地望着我。我跑下楼，付了房钱，告诉前台我们的行程改了。我的身体颤抖得那么厉害，几乎按不中电梯按钮。我回到楼上，发现哈利又睡着了。我收拾好自己的行李箱——他的还锁得好好的，没动过。我站在窗前，盯着下面繁忙的马路中间的安全岛，计算回到巴士总站的最短路径。如果我在酒店门口直接带哈利过街，比走到红绿灯那里过街要近得多。不管如何，我们都要走到小街那里。

我不知道到金斯顿的巴士多长时间一班，我对自己说：*你是大姑娘了，乔姬。你一个人能行的。你必须把哈利带回家。*我把手提包带子套到肩膀上，把哈利从床上拖起来，让他靠着我。哈利还穿着他的人字纹西装。我教他动脚、迈步、站直。我左手拎起自己的行李箱，右边胳膊挽着他的胳膊，支撑着他压到我身上的分量，掌握着方向，右手还拎着他的行李箱。行李箱在我们俩中间撞来撞去。

走到电梯口时，我站直了，心想：*椎骨、椎骨，撑住啊。*无头骷髅赫布利从书本里跑出来的样子在我脑海里一闪而过。电梯里的一对男女盯着我和哈利，又低头看了看两个行李箱。男人满脸疑惑地看了哈利一眼，转过脸，对他妻子说：“你知道转盘广场那儿的哥伦布雕像吗？他们说运到这儿的路费是墨索里尼出的。”这个男人耸了耸肩，“我也是听说的，我可没说是真的。”听到墨索里尼的名字，哈利抬起头，但没有说话，又歪倒在我身上。

在酒店大堂，我推着搡着把他弄过迎宾台，目不斜视地到了大门口。一个瘦脸的女人跟着我们上了人行道，很明显她刚才在和前台接待说话。“维特利夫人，”她说，“您需要找个医生看看您丈夫吗？”

“他没事，”我看着她身后说，“我们都很好。”我继续向前走，刚才她大声叫我“维特利夫人”，也没法让我高兴起来。

我已经汗流浃背，想扔掉行李，但是，既然决定了就应该坚持到底。我推着哈利进了快车道，一直走到安全岛，身边的汽车都在按喇叭。我扶着哈利坐下，他却躺倒了，我把他的腿拉到草地上。我把两个行李箱放在安全岛上，又拖着哈利穿过马路的另一边。一个男人头伸出车窗往外喊：“小姐，你是不是疯了？是不是不想活了？”我一直低着头，让哈利不要停下，提醒着他，推着他上了人行道，拐进小街。最后我们终于到了巴士总站，我扶他坐在长凳上，他一下子就倒下了。我查看车次时刻表，真是奇迹中的奇迹，一辆灰狗巴士刚进了站，二十分钟后出发。我还得跑到大街上拿行李箱。我再一次躲着汽车，把行李拿到巴士旁边，再把哈利拉起来。我架着哈利走上台阶，司机正站在车外。“这是你的行李吗？”他看着我刚才拖过去的两个箱子问道。接着他指着哈利说：“这位先生没事吧？我不知道他能不能坐我们的车。”

“他没事，只是我们出来得晚了，他跑累了。”我说着，努力笑了笑，心里想着：我假装出来的笑声听起来会不会像是在尖叫。我带哈利上了巴士，把他推到最后面。我们两个人坐在双人座上，我很确定，回家这一路上，不管发生什么，他都会在半昏迷状态。司机不停地从后视镜里瞪我。我最害怕的是，我们可能永远回不了家了。我不能有这样的念头——自己的丈夫死在长途巴士上。我们又穿过圣劳伦斯河，到了金斯顿。我把哈利拖下来，但司机先下了车，已经在车外等着我们了。

“你到底想去哪儿？”他已经准备好和我吵架了。

“我们必须搭车去维纳河镇。”我能听出自己的态度很强硬。我心说：你别想拦着我们。出去十八个小时之后，我变得锋芒毕露。

巴士司机一直等到维纳河镇的公交车开过来，和里面的司机攀谈。两个人嘀嘀咕咕地说着话，一边摇着头，我一直怒视着他俩。最后他们准许我和哈利上车了。

到了维纳河镇，我搀着哈利走下台阶，拿齐行李。汽车刚开走，哈利就瘫倒在地。他还是认不出我是谁，但他似乎知道：我们回来了，我们到家了。他躺在公交总站外的草地上，闭着眼睛。我跑进车站，打电话给医院。十分钟不到，哈利就被担架车推进了急诊室。我打电话给艾丽，她过来陪着我。不到一个半小时之后，诊断结果出来了：哈利得了脊髓灰质炎。

“你丈夫的病情很严重。”医生说道。他很生气，说话的口气好像我就是那个让哈利生病的坏小孩，“他生病的时候你在哪儿？他到哪儿去了？为什么等这么久才送过来？”

这么久？前前后后还没超过二十四小时。我甚至不想解释。

我和哈利的婚姻生活就这么开始了。他要在隔离病房住三个半月，这段时间不许我探视。他住的病房在医院后面的底楼。从哈利生病算起，快满两个月的时候，他的身体已经恢复到可以自己坐到窗户边的椅子上。我发现了一个办法，那就是转个弯，站在他病房外面的一片草坪上，隔着窗户和他说话。我几乎看不到病房是什么样子，里面灯光很暗，总是阴影重重。大多数时间，窗玻璃上都布满污垢；有时候他们刚清洗过，我才能看清楚哈利的脸。他瘦了，肩膀也薄了。窗户里的百叶窗有时拉开，有时合上。

独自一人的时候，我总是会担心罗斯福先生的事再次发生。他和我父亲同年去世，但就在他去世前几年，他得了脊髓灰质炎，双腿瘫痪。我小时候听说过小儿麻痹症，也听说过罗斯福总统创立的国家小儿麻痹基金会。哈利出院的时候还能走路吗？

病房工作人员知道我下班后跑到病房楼后面站着，但没人阻拦过我。每隔两三个礼拜，我会到楼里，穿过大厅，径直走到护士站，询问哈利的病情。但傍晚的时候，我还是会站在病房窗户外，同样的地方。如果下雨，我就打着伞站在那里。

我和哈利隔着窗户凝视着对方，我给他讲我们的蜜月故事，讲述我们的雪城巴士之旅，还有他和衣而睡的新婚之夜。我向他描述千岛桥——我见过两次，可他每次都错过了。我给他讲酒店餐厅的彩色玻璃窗、侍应的黑马甲和歪鼻子，还有我们丢下几乎没动过的晚餐上楼时，侍应满脸的疑惑。我告诉他，想起那块没吃的牛排，我还觉得饿。我告诉他，我在电梯里的时候，嘴里塞了一大块牛排，我怎么嚼了又嚼，那牛排又是多么美味。我告诉他，他躺在维纳河镇公交总站外的草地上时，我看到他的脸颤抖了一下。窗户隔开了我和哈利，我站在窗户外告诉他，我是他的妻子，我爱他。我没听到他的声音，不知道他有没有回答。

有时候，艾丽也会去，挽着我的胳膊，陪我站在草地上。她那时正怀着女儿凯瑟琳，肚子明显地凸出来。艾丽从家里出来的时候，总把雨衣叠好带在身前。就算人们以为我俩是痴呆两姐妹，我们也不介意。

不过，大多数时候，我都是一个人。我看着格子窗户，想起我们结婚后的那个早上，哈利瞪着我问“你是谁？”时的样子。

我努力说服自己：我不是嫁给了一个陌生人。

24

莉莉贝特，这就是我真实的蜜月故事。如果这件喜庆的事就是这么短命，我有什么办法？无时无处不伤心，这能怪我吗？

林先生听说了哈利得脊髓灰质炎的事。我们从雪城回来之前，镇上就出现过两起病例，那两个人的名字也因此变得家喻户晓。我去看望林先生的时候，他答应我说哈利好了以后还可以来珠宝店上班。“你的丈夫一学就会，维特利太太。”他说，“而且，他天生就是做设计、干精细活的料。我欢迎他回来，但那得等他好了以后，现在店里有我和我太太先照料着。”林先生拉起我的左手，看着婚戒，赞许地点点头，拍了拍我的肩膀。

艾拉给了我一个礼拜的蜜月假期。我和哈利租房子的时候已经付了一个月租金，我也就搬了进去，因为那里离商店和医院都近。我一个人的薪水要支撑全家，但我告诉自己：总能过下去的。另外我有点害怕，因为我以前从没一个人住过。秋风从我们租的房子的屋檐下吹过，我不习惯这种声音。到了晚上，我用被子蒙住头，不想让那些声音传进我的耳朵。白天的时候倒没什么问题。我们租的房子离艾丽和特里克住的地方不远，他们住在两条街外的一栋楼上，我时常见到他们。

假期结束，我回去上班的时候，除了接待顾客、订货，还要往柜台和橱窗里补货。为了有点自己的时间，有时候我沿楼梯下去，走进用作储藏间的地下室，在顶到天花板的货架中间走来走去。地下室没有窗户，我在里面盯着一排排看起来一模一样的盒子，艾拉在不停地进新货，我要尽量熟悉。我用裂开的牛皮纸边盖住布匹头，挡住灰尘。我在地下室里胡思乱想，想着不能探视的丈夫。我盘算着自己的未来，那曾是展开在我面前的一片广阔天地，现在缩水了，变成了一个无底洞。每天下了班，我还是转到医院楼房后面，我还是担心哈利会不会落下后遗症。

被我称作“脊髓灰质炎蜜月”的事件之后，我注意到艾拉看我的眼神变了，我不太喜欢那种眼神。一天，他跟在我后面进了储藏间，我背对着他，没听到他下楼梯的声音。他走到我身后，两只手放在我腰上，按得紧紧的，向上摸去。因为他是驼背，抱我的时候弯着腰，像个汤勺，我清楚地看到了他下巴上的胡楂。我大喊了一声，拼命扭着身体，胳膊肘狠狠地捣在他的肋骨上。艾拉被我的动作吓呆了，我也是，我们俩都吃惊地停了下来。他捂着自己的肋骨，骂骂咧咧地从楼梯上去了，以后再也没有偷袭过我。尽管这样，我还是感觉自己的胳膊肘一直贴在他的肋骨上，似乎一整天我身上都沾着恶心的东西。

这件事之后，我再也不到储藏间做白日梦了，和艾拉也保持着距离。不过我经常瞪着他的短下巴，想着单室学校里格林菲尔德小姐给我们的警告——没下巴的家族经常有不良行为。我后悔自己没有早点预见到这种危险。

一九四七年十一月二十号，哈利出院了。同一天，伊丽莎白嫁给了英俊的希腊王子菲利普。菲利普身材修长，和哈利一样。传闻说他在科孚岛的桌子上出生，真是匪夷所思。菲利普是伊丽莎白的远房表亲，他们都是维多利亚女王的后代——似乎大部分欧洲王室都是。我看过我所能找到的所有报纸杂志，看过所有关于他们即将举行的婚礼、他们的家谱以及可能到场的宾朋的文章。

我相信哈利在皇家婚礼那天出院是个吉兆。我想起哈利瘫倒在草地上，想到腿像火柴棍一般、被人用英格兰坐垫抬着到处跑的小男孩。我明白，孩童时的哈利，骨头太脆弱，撑不住他的身体；我也明白，我想象中的缎面礼服、流苏和王子，永远只是个梦而已。

整个礼拜，我都看着镇上的商店在橱窗里挂起彩旗彩带。艾拉订了一块巨大的、长方形的、国旗图案的蛋糕，皇家婚礼那天开门的时候，前一百名进店的顾客每人可以得到一块蛋糕，我负责派发。似乎郡里的每个人都到镇上来了，那一天的销售额破了店里的记录。我想，霍姆斯先生在大萧条时经营这家店的时候，也会认可类似的活动，我也情愿他有过类似的想法。

莉莉贝特的婚戒是用威尔士金块打造的，她身上点缀着小颗珍珠和鲜花，面纱是用中国蚕丝做的——无数会吐丝的小毛虫完成了它们的使命。我后来看到她穿着婚纱、戴着面纱的照片，就把那顶猪肉馅饼帽给扔了。我给排队的顾客分发了国旗蛋糕，这些人中也包括菲尔、丹姥姥和艾丽，她们用崭新的婴儿车推着凯瑟琳。等我在叮叮作响的收银台后面忙完后，艾拉因为营业额大涨兴奋得脸通红，他准许我可以早点下班。

我走到医院，接了哈利，坐出租车回家。我已经竭尽全力修整了房子。因为是平房，所以没有楼梯为难哈利，甚至连地窖楼梯都没有。哈利的身体比以前虚弱了，但医生说他还可以去上班。他没变成瘸子，但左腿的肌肉萎缩了，所以走路一瘸一拐，这是脊髓灰质炎留下的一点点后遗症。那天晚上，我们第一次抱着睡在同一张床上。我们身体的某个部分是互相补充的。我明白，在团聚的时刻，除了做爱，什么语言都是多余的。

胸骨

25

狄克森送我和哈利去公交总站后，我们的蜜月旅行就开始了，但除了穿着礼服上了公交车，哈利对这次旅程毫无印象。有一阵子，他开玩笑说，他从没去过美国，但我觉得这一点都不好笑。他还记得另一个细节——我蓝色礼服上装饰用的鲜花。哈利说对了，我们从丹福思祖屋出发去教堂之前，丹姥姥从她的马车轮花圃里剪下一枝黄玫瑰，用两枚小金别针别在了我的上衣翻领上。这两枚别针是从后门边的窗台上拿的，这么多年过去了，应急用的那些别针还在那里。

现在，我的右眼雾影蒙蒙，黑斑飘来荡去，这真令人担心。我一直在慢慢向前挪，已经前进了一段。但是我一动，汽车就跟着动。也许只是因为夜色降临，汽车看起来像在动？我在这儿过了几夜了？无从得知。

莉莉贝特，虽然我盼望你能召集你忠实的卫兵，派他们出来找我，但世事无常啊。我以前想象自己的生活，想过自己会躺在这个鬼地方吗？我想象过你的生活吗？现在我离那棵半死的树越来越远，回头再看，它比我最初想的歪得更厉害。它可能会倒在树林里，但那一刻绝不会悄无声息。倒下之前，这古老的神物一定会呻吟、伸展、哈气、叫喊。但我为自己的眼睛感到悲哀，黑斑在我眼前游动，我有些恐慌了。我不能没有眼睛，不能失去视力。*主啊，不要把我抛进黑暗里。*

上高中时，生物课上要学脑神经。我回家查了《格氏解剖学》，嗅神经、视神经、动眼神经……十二对脑神经中，视神经的示意图我记得最清楚——眼球像圆圆的气球，飘在那一页的最上面，表面有个盘子形状的凸起。这只眼球伸向右边，下面连着一根双股的长茎，就像火钳夹着一块冰。

一嗅二视三动眼，四滑五叉六外展，七面八听九舌咽，迷副舌下神经全。

记忆十二对脑神经名称的口诀。我从来都没忘记？也许我记得最牢的，就是这个顺口溜了。

沮丧拼命钻进我的头脑，我不得不反抗。就这样躺在这里，手足无措，这是种羞辱。

天主永远都在，催你振作。

我消沉的时候，天主听到了吗？真的有天主吗？

现在是时候讨论这么深刻的问题吗？

也许是。我有的是时间。

时间也会用完的。

好吧，也许有天主，也许没有。以前我一直希望自己能有坚定的信仰，像丹姥姥那样。

后来你怀疑了？

小时候，我从没怀疑过天主。但后来就不了，我失去了太多太多，我动摇了。

不要压抑自己，乔姬。

我想唱歌，唱歌能让我振作。我想唱歌给天主听，不管有没有天主，万一他真在呢。我还记得所有的赞美诗。

那就大声唱一首吧。

以西结看到两个轮子转
经过半空中
以西结看到两个轮子转
经过半空中
哦，信仰驱动大轮子
神恩驱动小轮子
以西结看到两个轮子转
经过半空中

这首赞美诗是我上中学时学会的。现在我知道了，唱这首可比唱《信徒精兵歌》费口水。有些赞美诗就是更容易让人口干舌燥。

水啊，水啊，快渴死了。

格林菲尔德小姐说："水，是生命所必需的。"那是一个礼拜五的下午。她还给我们留了作业——画一张海报，主题是水的来源。我想到弗雷德姨夫，就画了一口压水井。

纯洁的水，纯洁的空气，纯洁的欢乐，纯洁的希望。年轻就是希望。未来就意味着希望。

但我快死了。

不要乱说。

我就这样活了一辈子，仅此而已。有什么意义呢？我做过些什么？有人注意过我吗？我那个时代，是可有可无、无足轻重的时代，那个时代的女人不被人当回事。等到我们六十多岁，更是被人看不起，要靠边站了。甚至还没到这个岁数，就会受到这样的待遇。但这个世界也是我们的，我们女人也生活在这个世界上，而且我们人数众多。我活过的八十多年里，每一天都在这个世界上。

你就像一个失败主义者在胡言乱语。

有时候，我觉得自己还是那个小女孩，张开双臂，走在冻硬了的雪地上，每迈出一步，都想着不要摔倒。但现在，他们已经无视我了。凯斯导演《推销员之死》的时候，推销员的妻子在舞台上大声宣布“一定要注意那个推销员”时，我就想站起来，大声叫好。

我似乎已经听到他们发现我的尸体时要说什么——“这其实是件幸事”。

看在天主的面子上，乔姬，坚持一下。

我就是这么想的。这样的事总会发生，这是事实。人生总是有起有落，我现在就倒霉透了。

你以前也经历过低谷，但你都挺过来了。

现在就是低谷。但我从没像现在这么倒霉过。我的脑子能停一会该多好。毕竟我把《战争与和平》都回忆过一遍了。

如果脑子停下，那你就死了。这没人不知道。

这再清楚不过了。但我做过什么值得人们注意的事呢？

分分神，想点别的事。

新生活总是给人希望。查尔斯王子出生的时候，莉莉贝特和她的爱丁堡公爵[①]有没有开怀大笑？十一月，渥太华市鸣放皇家礼

---

① 即菲利普亲王，伊丽莎白二世的丈夫。

炮庆祝王子出生，我在一百多英里以外，想象着自己能听到炮声。一个月后，我生下了凯斯，像撒拉[①]一样，我看到自己的孩子就忍不住眉开眼笑。凯斯的眼睛大大的，耳朵扁扁的，手指和哈利的一样修长，小脚丫嫩嫩的。她在微笑，一边嘴角翘着。她那么小，放在哈利的怀里，才和他的小臂一样长。哈利几乎不敢相信，自己一只手就能抱起女儿。不过凯斯会长大，她和丹姥姥一样，两腿修长。现在她的个子比我还高，也许在我年老萎缩前，她就比我高了。凯斯还遗传了丹姥姥的头发，一头乌黑的胎毛，快要垂到眉毛了。我很惊讶，被惊呆了。有好几个礼拜，我都自认为是世界上独一无二的母亲。从凯斯的第一口呼吸开始，我和她都彻底改变了，变成了我们以前想都想不到的模样。

就是这样，我开始抚养我的女儿。有时我让她回自己的房间，她总要在我说完后顶上一句，或者发出点声音，嘟囔几句，哼下鼻子，才肯跑进屋子。

这么做有什么坏处吗？她一直很要强，我一点都不担心。

我不再去艾拉的店里上班，但每天还是很忙。我那么爱我的孩子，凯斯两岁的时候，我知道自己又怀孕了，但我很高兴。“我们心里还有地方，”我告诉凯斯——那个自负的小女孩，“我们还有好多好多爱，留给将来的宝宝。”

儿子出生以后，我们三个人——我、哈利和凯斯——也是这么做的。医生让我在医院住一个礼拜，才能把儿子带回家，凯斯也是在那里第一次见到弟弟。我们给他起名叫马特，随他外祖父的名字。他受洗时，丹姥姥抱着他。马特长着金黄色的头发，皮肤很白，不像我和哈利，也不像家里其他人。哈利对他父母毫无印象，

---

① 圣经中亚伯拉罕的妻子，九十岁时才产下一子。

不知道儿子像爷爷还是像奶奶。

有什么不对劲？那天下午我总是心神不宁，想进宝宝房间看看，等到傍晚我真的进去时，脑袋一直嗡嗡响。那时是晚秋，却已下了雪，早得有点异常，不过雪不大。艾丽把凯斯带回家了，下午让她和表姐凯瑟琳在外面玩。房间里很冷，我把马特放下睡觉的时候，给他裹上了软毛毯。他五个月零两天大了，眼睛又大又圆，我把它放进摇篮里的时候，他抬头看着我笑了，似乎我们俩在讲什么笑话。他小小的身体很完美，我紧紧抱着他，脸埋进他脖子上的嫩肉里。我在他脸颊上吻了一下，掖了掖他身边的毯子，把他的背垫高一点。马特那天睡的时间特别长，我走进昏暗的房间，想在哈利回家、艾丽送来凯斯之前叫醒他。眼前隐隐约约，暮色将至，也是我最喜欢的午后时光。我小心地拉起百叶窗，不想吓到我的孩子，然后走到马特的摇篮旁。摇篮里毫无声息。我没有开灯。毯子盖在马特的脸上，我拉了下来。我伸手去摸马特的肩膀，但我的手僵住了，像是麻痹了。摸到他的那一刻，我知道：出事了。没有任何动静，不像宝宝以前睡醒时那样，会打哈欠，会微笑。我把马特放平，抱起来，靠近自己，想看看他的脸。他没有睁眼，漂亮的皮肤冰冷。他失去了最宝贵的生命。他一定死了有一会了，我不知道这一会是多久。我就在旁边，整个下午，没听到任何声音。

是不是我把他裹得太紧了？他有没有抽动着小胸脯，挣扎着呼吸？毯子离他的脸太近了？他窒息了？我闷死了自己的孩子？我心爱的孩子没了，我是杀人凶手？

我瘫倒在地上，倒在我们放在摇篮边的编织地毯上。我抱着我的儿子，给他做人工呼吸，想让他醒过来。等我意识到这只是徒劳时，我呆坐在地上，紧紧搂着儿子完美却已冰冷的尸体，我想让他暖和些。哈利找到我俩时，我们还保持着这个姿势，待在漆黑的屋子里。

黑暗中，一个人待着很可怕。尽管已经到了夜里，我还是在活动手臂，活动腿，向前挪动。但是我没法假装镇定，我越来越冷。孤独让身边的空间变得广阔，空旷到无法填满。

我想睡觉了。

我一直在问，也会永远问下去：为什么？为什么给我儿子生命，只是为了再拿回去？我会永远问下去，因为那天之后，在我活着的每一天，我都会想起我的儿子马特。我渐渐发现，如果不回忆他白皙的皮肤、闪亮的头发，不回忆他对我的信任，不回忆浴盆里他晃动着的小肚皮，不回忆他和我讲笑话的眼神，我一天都过不下去。过了很久，我终于明白了：与其每天强迫自己不去想这些，不如早上专门留出一段回忆的时间，这样我才能继续生活下去。这么做不能带走绝望或愤怒，也不能带走失落或内疚，更带不走爱，却能让我每天早上从床上爬起来。

希望到哪里去了？希望被一个黑暗的深渊吞噬了，这个深渊潜伏在那里，我以前却没有看到。

我有家人，有丹姥姥、艾丽、特里克、菲尔，还有弗雷德姨妈、弗雷德姨夫。他们都在我身边。哈利和我一样，很生气。我们不明白，永远都没明白。我们还有凯斯，我们还要带着悲伤，继续抚养她，她对我们来说也更宝贵了。

儿子的墓地安在丹福思家的土地上，葬礼在乡村教堂举行。我再一次和家人牵着手，坐在教堂里的前排长凳上。这一次，哈利在我身边。

葬礼结束后，我回到家，想到厚厚的泥土压在他小小的棺材上，觉得我们的孩子又一次被闷死了。我没法承受这样的画面。我走进客厅，拿起外祖父留下的生命之树，摔到墙上。它碎了，玻璃叶子散落开来，细长的树枝挂在磨损了的丝线上。那天晚上，我和哈利在床上抱在一起，哭了。

从来没有经历过如此的悲伤。

26

天主从来没有帮过我。我不能抱怨谁。如果可以怪罪什么人的话，我要他给我个解释，只是为了让我的心不再揪得那么紧。

我知道，菲尔爱马特，她也很伤心，她们那代人的格言是：咬紧牙关，日子总要一天天过。生活给你的，你必须承受。这些格言对我没什么用，菲尔看出来了，不再说这些。我每次见她，所能做的就是不让我的伤心事勾起她的伤心事。

我也知道，战争已经结束，但很多士兵都回不来了；其他女人哀悼着自己的丈夫、父亲、兄弟或者儿子。我的悲伤和她们的不同，我把它藏在心底，试图埋葬它。

丹姥姥也开始到镇上来了，她找人开车带她，有时是特里克，有时是隔壁农场的什么人。她出现在我家门口，走进来，坐在厨房或客厅里，或者做刺绣，或者看书，或者静静地陪凯斯玩。我一向不知道她会哪天来。我们没有提起马特，但我们很清楚，两个人心里都念着这个名字。丹姥姥在我身边，这很重要——她安静地坐在那儿，就能抚慰我的伤痛。哈利下班回家后，再开车把丹姥姥送回乡下。就这样，又几个礼拜过去了。

我把心思都花在凯斯身上。

凯斯不喜欢人多的场合，但她和表姐凯瑟琳相处得很好，这让我很高兴。凯斯再大些的时候，除了主日学校，不愿参加其他任何集体活动。她喜欢主日学校，是因为老师会带全班同学去野外远足，还在路上给他们讲故事。凯斯爱阅读，爱语言，有机会就练习。她天生和剧院有缘，三五岁的时候，她口述对白，要我记录。再往后，她就自己打印了。格林菲尔德小姐退休后搬走了，真是遗憾，要不然她一定会喜欢我的女儿。单室学校关门了，我们也住到了镇上。到那个年龄，我已经明白：还是个孩子的时候，我是爱着格林菲尔德小姐的。

凯斯创作了新剧本，进行“带妆海排”。排演成功就是她的“生利”。[①] 她用外面找来的防水纸和马口铁布景，把树枝拖进房间，装扮出一个室内森林。她把旧窗帘挂在椅背上，在里面钻来钻去，试着声音效果。凯斯做这些的时候，如果我打开收音机，她就会说：“我要集中注意力，妈妈，音乐会让我分心的。”有天，我听到她为天堂里的宝宝马特设计了一句对白。我站在房间中央，愣住了。她停下手里的活儿，说：“妈妈，我们把马特宝宝埋在墓地里的时候，他的骨头是连在一起的吗？他去天堂的时候，那些骨头都去天堂了吗？都去了吗？”

我转过身，走到桌子边坐下，默默地哭了。凯斯爬到我膝盖上，用小手掌擦了擦我的脸颊，又爬下去，继续自己的表演了。

凯斯对表演游戏越来越投入，我能帮她的也越来越多。我试过帮她做戏服，锡纸皇冠是完美无瑕的，可用新缝纫机做出来的东

---

① 原文分别是dress reversal和bictory，此处其实应为dress rehearsal和victory，是小孩子说话口齿不清所致，故译文用音近的词模拟同样的效果。

西全都不堪入目。菲尔和丹姥姥过来救场。又过了很长时间，十几岁的时候，凯斯开始谈论“富有想象力的超越”，我惊诧地看着她。我帮她琢磨校园剧里的角色，我们面对面坐在餐椅上，读着各自的台词。她的想象力让我相形见绌。但我能领会她的思想，我们心灵相通。

我时常会去烟草店翻翻最近的杂志。我领了家庭补贴，有时会留出一点点买书报，为的是看看莉莉贝特和她一天天长大了的儿女有什么新闻。查尔斯不再穿连体衣，换上了短裤，露出小腿，上面穿着带纽扣的衣服。女王穿着舒适的连衣裙，照看她漂亮的儿子，但我想，在我们看不到的地方，还不知道有多少人在帮助她。她的连衣裙上别着钻石胸针，有时是珍珠胸针。圣诞节的时候，哈利也送了条双股的珍珠项链给我，但我照看凯斯的时候从来不戴。因为这条珍珠项链的造型和照片里利兹[①]的项链很像，我们就叫它“利兹珍珠”。

查尔斯的脸上挂着顽皮的笑容，眼睛一眨不眨地看着镜头。他被逗笑的时候，会兴奋地大叫，反正杂志上是这么写的。安妮公主出生了，彩页上有她的照片。她坐在婴儿车里，长着金色的头发，树莓色的嘴唇像涂了唇膏。我很想知道，莉莉贝特明不明白自己有多幸福。家庭照中，菲利普总是站在一旁，稍微离开他的家人。他们身边总有条柯基犬，有时用皮带拴着，有时没有。

还有女王——陛下，两个孩子的母亲，她衣服下摆的暗处缝了重物，以防有风刮过，掀起她的裙子。她把手袋挎到胳膊上，方便和人握手。和维纳河镇的女人一样，女王出门时总戴着手套。镇上的女人都有两副手套，一副黑的，一副白的，放在最上面的抽屉

① 伊丽莎白的昵称。

里，我和艾丽也不例外。我们去A&P[①] 买东西时，都戴着手套。躺在深谷底下，真的很难想象还有这样的事。

我和莉莉贝特都没了父亲，莉莉贝特做了女王。每本杂志上，她都面带笑容。如果不是这个表情，那就是眺望远方，仿佛我们正在共同迎来光明和希望。事实上，她迎来的是更多的孩子和日渐缩水的版图。日不落帝国日渐式微。然而，该称赞的总要称赞：莉莉贝特有一份工作，她高昂着头。无论好坏，莉莉贝特总要面对。

① 大西洋和太平洋食品公司。

27

成千上万的陌生人涌进我们的国家，维纳河镇也是人满为患。在商店、图书馆和我所到的任何地方，都能听到人们在谈论“难民潮”。凯斯班上来了些叫贝普、威廉敏娜、罗姆之类奇怪名字的人。到处都有人在说：战争结束了，女人们应该回到自己家，留在家里。我待在家，恨不能把一分钱掰成两半花。艾丽也待在家里，在厨房的一头涂涂画画。她家的储藏室里有一个文件夹，标签上写着“白色”，里面装得满满的，不过她的作品一件都没有展出过。我们俩把孩子放在一起，轮流照看，这种方式很适合我们。我在学校和镇图书馆做义工。每隔一个礼拜的礼拜天，我们两家人都开车去乡下，和菲尔、丹姥姥一起吃晚饭。凯斯还没出生的时候，哈利买了辆二手哈德森，我也学会了开车。

那时候，每个小时都充实到不够用，现在想想，真是不可思议。回顾那段艰难的时期，那么多天过起来竟是一样。我不止一次地怀疑，我是不是发疯般地找事做来打发时间。我给凯斯读书，扮演角色，帮她布置舞台，做义工，洗衣服，熨烫衣服，刷墙，做园艺，做果脯，开生日聚会，还用萝卜刻玫瑰花，做花式三明治，上面有仪表盘、车轮、齿轮，中间放根小黄瓜，边上用海棠做装饰。我和艾丽轮流去对方家，照看两个孩子，去看我们的母亲和外祖母，在圣诞节和感恩节时做东。如果弗雷德姨妈过来，艾丽就要保证给她吃的全是鸡胸肉，给菲尔的就要全是鸡腿肉。我和艾丽各自做自己的家务，我俩都讨厌干这个活。那段日子里的一件件事情像是布匹上四处游走的图案，每一个瞬间都在躁动，直到确定了自己的位置和形状后才安定下来。之后，会有一些看不见的手，捏着针线在布匹上上下穿梭，把这些图案缝在一起。于是这些图案便被永远固定下来，逃不脱，撬不走。

有时候，我试着往那些卷起来的往事中伸进一根回忆的手指，拨开一条缝。有一天，我在图书馆，他们要我整理阅读角的杂志。我一边整理一边随便翻着，其中一本掉在了地上。我看到了背面的广告，标题是“招聘，限男性”两行黑体字，登广告的是“小纽约公司”。他们要招聘兼职雇员，给健康、生物方面的小册子和文本画插图，要求应聘者提交作品。这工作不要求坐班。

我抄下那个广告，放在我的钱包里，有了种“前途一片光明”的感觉。身体器官的形状不就在我脑子里吗？我不是有男人的名字吗？我写了封信，署名乔治·维特利。我画了两叶肺，里面有爆米花一样的肺泡。我还加上了咽喉、气管、舌头、鼻腔和口腔，用虚线标出了血管的位置、心脏的形状，包括主动脉和上腔静脉。我在图上标注好“呼吸系统”，把画折起来，和信一起装进信封里。我一直把这封信放在钱包里，随身带着。就在那个礼拜，凯斯病了，我整夜帮她擦洗降温。她神志不清，呼吸困难。医生说她得了肺炎，我被吓坏了。丹姥姥从乡下过来，住了下来。她帮凯斯擦洗，做洋葱膏药，我、哈利和丹姥姥三个人轮班守在凯斯床边。哈利请了假，因为他怕凯斯万一有事，自己却不在旁边。夜里我们在客厅里走来走去，轮流陪护。医生建议我们在家照顾凯斯，但要细心观察。我们害怕，不敢看对方的眼睛。凯斯渐渐恢复到能坐起来的时候，哈利回去上班，丹姥姥也回家了。我和凯斯从她房间里的窗户看着外面，给云彩的剧场创造角色——两只小羊抬起后腿，咩咩叫；狮子伸出爪子按住一只小老鼠；积云吹出小云朵，是火山喷发了；布娃娃爆炸了，填料撒满整个天空；谷仓顶着火了；小狗在地窖台阶上咬东西。我忘了钱包里的插画，一直没寄出去。归根结底，艾丽才是我们家的艺术家。

28

哈利的左腿不好，不能久站，但他的手很稳很灵巧，毫不费劲就能学会怎么摆弄发条、游丝和摆轮。哈利的手指又细又长，这是他的优势。他坐在珠宝工作台前，眼前架着大大的镜头，有时候戴着放大眼镜，脸上因此留下明显的压痕。哈利开始设计项链、胸针和戒指了，林先生让哈利放心，他说哈利有这方面的天赋。

哈利爱凯斯，也爱我，这点我很确定，但有时候他会自我封闭。他第一次这么做的时候，把自己封闭得那么严实，我只能看到一片黑暗——没给别人留下一点空间。

餐桌上，凯斯磨蹭着不肯吃饭，她问到了哈利的童年："你小的时候能剩饭吗，爸？"哈利似乎被这个问题难住了，没有回答。一直到吃完饭，他都没再说话。我把凯斯放在床上，盖好被子，哈利背过身去，走了。他经历过什么样的童年？他身上还留着早年苦难生活的影子。

还有一次，是个夏天，我们去看菲尔和丹姥姥，半路上突然来了暴风雨。哈利不喜欢暴风雨。我怀疑他当海军的时候怎么能在海上坚持下来。他讨厌打雷，也讨厌闪电，我相信这一定和他的童年经历有关——在农场里饱受虐待，独自睡在冰冷阴暗的杂物棚里。

虽然离菲尔很远，但雷声应该能传到她那里，不过，她正在听马里奥·兰扎[①]。丹姥姥和外祖父去百丽剧院看《伟大的卡鲁索》的时候，喜欢上了马里奥·兰扎的歌声。丹姥姥有一张他的歌曲唱片，视若珍宝。丹姥姥和凯斯一起听这张唱片，一边向她介绍这位歌唱家。丹姥姥喜欢做针线活的时候听马里奥·兰扎的歌，我们每次去，几乎都能听到他的歌声。

风暴之墙席卷而来，丹姥姥喊我们去窗口，看遮天蔽日的雨幕。绚丽的闪电射向大地。大雨冲击着屋顶。风暴就要到我们头顶的时候，哈利走到楼梯中间，在黑暗中坐在了台阶上。这时，雷声大作，似乎叫嚣着要炸开我们的房子。正是那种可以让有些人害怕到绝望，又可以让另一些人欣喜若狂的风暴。停电了。菲尔点燃一盏煤油灯，把凯斯抱到膝盖上，给她讲马里奥·兰扎演绎的卡鲁索的人生。

我走过去，坐在哈利身边。他简直不敢相信，我是多么喜欢看树枝在狂风中摇荡。事实上，还是孩子的时候，我和艾丽就经常站在封闭的阳台里，等着看一条火焰在两根电线杆之间的电线上闪过，玻璃绝缘子裂开掉到地上。风暴过后，我们就出去找绝缘子上的圆帽，带回来给丹姥姥。丹姥姥把它们系在鸡舍旁边，倒满水。黄色绒球似的鸡宝宝就跑过去，小小的嘴巴凑到圆帽里喝水。

那次风暴后，哈利从台阶上下来，似乎没人想到应该留意或

---

① 马里奥·兰扎（Mario Lanza，1921—1959），美国著名歌唱家，20世纪十大男高音之一，主演过以“有史以来最伟大的男高音”卡鲁索的一生为基调的音乐传记影片《伟大的卡鲁索》。

者谈谈他在风暴中的举动。不过，丹姥姥后来把他带到客厅，和他聊了起来。我在厨房里听到她在唠叨和战争有关的什么事。

哈利从不解释自己的行为，也不愿意开车带我去收养他的地方，或者指给我看那个农场的位置。他一定知道那个地方。一个小孩走了三天的路程，并不算太远。那个农场应该不远，而且那时候，包括我们家在内，大多数农场都有了汽车，常在礼拜天开车出去。但我从没听哈利说过虐待他的那家人的名字，也没听他说过收养他的这个家庭在什么地方。他刻意要把这些都忘记。

尽管我们的婚姻从“脊髓灰质炎蜜月”开始，尽管有可怕的记忆和已经显现出来的阴暗，尽管我们失去了儿子，但有一个晚上，我对哈利的爱变成了永恒的画面。那天，凯斯正在餐桌前念叨她自创的台词，我一边准备晚餐，一边心不在焉地听着。哈利平时步行从珠宝店回家，但那天下雨了，林先生开车送他回来。汽车停下后，我从白茫茫的窗户往外瞟了一眼，看到哈利正从前排出来。他站在车旁，打开后车门，在里面摸着什么。我看到他在和林先生说着什么。他从车前面绕了一圈，和平时一样一瘸一拐。就在这时，我注意到他右手拿着什么东西。他俯身走进雨里，然后站直了，手里握着一束黄玫瑰。他扫了一眼地面，我看出了他脸上的决心和意图。

我看到了他实实在在的爱。

在那之前，哈利也给我买过花，以后也会继续，但那一次，我永远不会忘记。在那一瞬间，所有阴暗都消散了。

这幅爱的画面不完全是静止的。哈利拿着礼物绕过汽车，全神贯注。如果那一刻我没有往窗外看，那天会和以往一样平淡无奇。哈利对我的爱慕、示爱的仪式、他苗条却跛着的身体，都是我眼见的细节。工作一天后，他回到家，他的妻子和女儿都在。他和这两个人连在一起，他可以叫这两个人“家人”。他手里拿着玫瑰。

嫁给他时，我爱他，但那天之后，我会永远爱他。

和做馅饼一样容易。

谁说做馅饼容易？菲尔做的馅饼皮和铅一样重，我的也好不了多少。只有丹姥姥明白馅饼皮的奥秘。

但在那一刻，要明白我对哈利的爱有多深，很容易。和做馅饼一样容易。

肋骨

29

从上面能看到我吗？今天是什么日子？女王的午餐会开始又结束了吗？如果是这样，莉莉贝特应该已经迎接过她的客人了。凯斯告诉我，九十九个人是抽签选出来的，这样才公平，才能代表王国的所有地区。

莉莉贝特的王国。嗯，有个王国，那肯定是了不起的。

凯斯第一个发现了这次生日宴会，她在自己的电脑上查到了信息。怎么能在那台机器里找到东西，我百思不得其解。有一次，我去她的住处，她正坐在显示器前面，对着屏幕大笑，似乎那玩意会回答她似的。“哈哈哈……”这笑声让我怀疑——以后的社会要变成什么样啊。凯斯希望我也买台电脑，这样我们就能通过电子邮件联系。但这个想法真是可笑，我们就住在同一个镇子里，为什么不当面联系？和往常一样，凯斯用话堵住了我的嘴：“你会改变主意的，你会明白的。如果你不明白，你就要落伍。你还应该买部手机，指不定哪天你就用得着了。”

卡桑德拉[1]，天生有预言能力，但永远没人相信她。唉，凯斯是对的。我没买手机，十分遗憾。而且，我确实哪儿都去不了，我被困在这里，骨头断了，很疼，包括已经开始愈合的肋骨。真肋、假肋、浮肋、有弹性的肋弓。我在《格氏解剖学》里就看到过巨大的半边肋骨。

哈利卖掉珠宝店退休之后——林先生死后，哈利买下了珠宝店——连续三个夏天，他都从草坪上的椅子上摔下来，把肋骨摔断。椅子上的帆布坐垫腐烂了，他却不记得修。他擅长修理小东西，而不是笨重的、大型的东西。那时我们就已经住在山上了。前任房主留下一摞帆布椅子，立在车库的墙边。帆布沤烂了，哈利就摔倒了。吊着的坐垫刚一撕裂，哈利还没滚到地上，我就听到了“噼啪”的声音——很难听，很刺耳。哈利想过把椅子上的帆布坐垫都换成木板，但一直没抽出时间动手。第一次骨折，他去了医院。之后他就再也不肯去做X光检查了，他说自己已经知道诊断结果了。

他很顽固，我也是。每到夏天，我仰望天空，转着眼珠，点头赞许丹福思外祖父的第三个定律，而哈利躺在地上，不肯学习，也不肯改变自己的行为。他不要我拉他，而是自己爬起来，到房子里去了。又是个苦难的夏天，为了缓解疼痛，哈利从我的梳妆台抽屉里拿来松紧带和松掉的紧身褡，套在身上，拉到胸口。哈利跟我说，他在固定自己的肋骨。我有一些老式的肉色紧身褡，在黑暗的年代里，女人必须穿着那种让人喘不过气来的东西。那些东西我已经用不着了，但一直没丢掉。哈利第一次骨折之后，三伏天里它们就能派上用场。

---

① 希腊神话中的女预言家，从阿波罗那里得到了预言的能力，但也被阿波罗诅咒——虽然能正确地预言未来，却永远不会有人相信她。

结构决定功能。生活总会归于平淡。

我又听到汽车的声音。我已被这个世界抛弃。我必须伸胳膊、踢腿，预防血栓。我怀念在早上做填字游戏。我怀念站在厨房餐桌前吃金枪鱼三明治——哈利还活着的时候，我从不站着吃饭，现在呢，却几乎每次吃饭都是站着。我怀念听新闻，按收音机的开关，把转盘拨到加拿大广播台。我怀念洗澡。我怀念平凡的生活。

我和哈利最愉快的一次散步是在秋天，那时，峡谷里的树变成了火红色，很漂亮。我经常希望自己能学会吹小号，这样我就能站在最耀眼的那棵树下，为它吹响号角。我想到上气不接下气的书包嘴大叔[①]、吹短号的巴迪·霍利，还有杰利·罗尔·莫顿，他沿树根小路推下钢琴，弹着“杰利·罗尔的蓝调”。我还想起那个夏天，赖斯在凯斯的舞台上拨弄他的吉他，柔和舒缓，是那种让你想在枝叶的荫蔽下蜷缩起来的声音。

我怀念晚餐时的爵士乐。我怀念每天听到节目结束。赖斯说我的收音机音质不好，但我听起来很悦耳。何况我卧室里还有台CD机，是凯斯送我的礼物。不过大部分时间我都在厨房，收音机让我和世界保持联系，让我深信自己是这个国家的一员。直到深夜，我才开始对这些有疑问。

我不看电视，因为电视图像都是吓人的、有害的，充斥着恐怖的东西。它们让人们变得片面，不是走这个极端，就是走那个极端。“9·11”之后，我整天整夜地看电视，直到我没法承受。哈利没能把我从屏幕前赶走。我想弄明白这到底是怎么回事，但我没有。我坐在大沙发上，到了第三天，我哭了，觉得自己会永远哭下

---

① 指路易斯·阿姆斯特朗（Louis Armstrong，1901—1971），美国著名的爵士乐手。

去。哈利关掉电视，拿来我的外套，然后我们静静地走出后门，沿着一条陡峭的小径走进峡谷，就从我现在躺着的地方经过。可怕的事情发生了，整个世界都变了。想想外祖父在一战中丧命，哈利在二战中受伤，两个人都祈祷以后再也没有战争。

我才意识到，周三，四月十九号，生日午餐会上，女王将会是全世界唯一知道我失踪了的人——不管这天还没到，还是已经过去了。

30

透过树枝间V形的缝隙，我看到头上狭长的一片天。一片云飘过去，像一张嘴张开双唇正在吐烟。如果我眯起眼，把树挡在视线外，就可以想象自己挂在那片云上，飘在那束烟上。

很遗憾，哈利死后几个月里，我开始抽烟了——偶尔一根，不严重，也不要命。我渐渐发现了哈利的秘密。我开车下山，在街边一个小商店买了条金边臣，小镇边上的这种丑陋的小商店越来越多了。我点着一根烟，站在厨房窗户前，透过纱窗把烟吐出去，我不想吸二手烟。现在我还能想起吸进第一口烟时的感觉，飘飘忽忽的，头晕，身体似乎失去了平衡。我把香烟放进冰箱，留着以后需要慰藉的时候再抽。

我发现了出乎意料的东西。

从丹姥姥的羊毛披肩上掉下来的黑色线头。丹姥姥死后，这条披肩留给了我。戴得越久，边上的流苏掉得越多。这些小零碎掉在哪里，我就把它们留在哪里，因为我迷上了一个念头，那就是：到世界各地去，留下点属于丹姥姥的东西。单独的一缕羊毛线头只不过像条三英寸长的黑色小虫，但对我来说，每一缕都是一份爱的积淀。“隆重旅行”的时候，我把披肩系在肩膀上，站在索姆的一个战场上，纪念从没见过面的外祖父。我撕碎了丹姥姥在一九一六年接到的战争办公室发来的电报，把带着丹姥姥血迹的纸片撒到了农田里。第二天，我围着披肩在维米岭，指尖划过刻在纪念碑上的外祖父的名字，为我们所有人哭了。我披着这条披肩去过奥地利、瑞士、意大利、塞浦路斯和希腊，我在飞机里、机场里、出租车上、电车上披过它。之后一个炎热的夏天，我还在西雅图的渡轮上披过它。无论我到哪里，都要留下丹姥姥的气息。

但哈利去世之后，在他地下室工作间的桌子的底层抽屉里，我又发现了一模一样的、柔软的羊毛线头，像一堆虫子团在一起。线头脱落了，哈利就跟着捡起来。我有被他背叛的感觉。外祖父的身体碎片埋没在那块黑土地里，我想把丹姥姥的这些小零碎和她的血也留在那里。我把它们留在外国地铁里被磨光的长椅上，或者挂在日内瓦某个狗狗公园的围栏上，勾在罗马公交车裂开的座位上，落在利古里亚海岸边木板路的缝隙里。可能有长着黄色翅膀的小鸟飞来，叼一缕筑巢去。可能有双手粗糙的希腊园丁拿一缕去绑西红柿的枝蔓，或是固定橄榄枝。但哈利跟着我，让我想象中的这些都化为泡影了。

我应该早就想到的。有一次我出去散步，他在拥挤的海滩上跟踪我。他能辨认出我留在沙子里的脚印。如果他现在还活着，知道我失踪了，不要一分钟就能找到我。他能注意到最不起眼的细节，似乎不用放大镜，他的眼睛也有放大功能。如果让我在沙滩上找东西，我只能看到横七竖八的脚后跟和脚趾印。怎么会有人能从这么多人的脚印中分辨出哪个脚印是哪个人的？

哈利能。哈利是个追踪者。

他还是个收集者。

在他去世后，我发现的其他东西：黑色软皮日记本，手掌大小。三十年代哈利离开狄克森农场、搬到镇上去的时候，还是独身一个人，从那时起他就一直带着这个日记本。日记中一条条记着哈利参军前干过的所有工作。每一条我都读了又读，想要了解还没进入我生命的青年哈利。第一条从一九三六年开始，记着这样的事情：

——在罐头厂干了三天活。

——整个礼拜都有暴风雪。参加雪橇派对。

——国庆日，走路到河边参加教会野餐。走过去很远，坐福特汽车回镇上。

——麦子脱粒，每天一块钱，管两顿饭。

——被CNR雇用，铲煤，在煤堆上摆传送带，两毛五一小时。

我寻找线索。日记本里没有半点情感细节，只记下了大萧条最后几年里他赖以生存的活计。

另外一些东西：大都会人寿保险的小册子，上面画着一个搬着椅子的小孩：当我带着我的椅子走/我把它高高举起。

凯斯四岁的时候，哈利带着她看大都会邮寄给我们的小册子。一本小册子上画着胡萝卜、苹果、白面包和鸡腿，凯斯很喜欢。那时厨房的墙上还挂着一幅大大的世界地图，哈利用它教凯斯认识世界上的国家。那张地图我还没找到。

还有别的发现。

一个狭长的盒子，里面摆着一排不要了的靴子，一对对地放着，似乎在等着某天有什么人来穿。

有盖子的塑料盒，里面塞着旧鞋子上拆下的六个鞋跟。

贴着“系东西用”标签的罐子。里面有盘得整整齐齐的丝带、缠起来的旧鞋带，还有带黑色斑点的黄色溜冰鞋带。

剪成一条一条、绑红花菜豆用的连裤袜腿。

装着种子的纸袋。

装着豆荚的纸袋。

一个雪茄盒，里面塞满了松紧带。松紧带已经变质了，拿出来是一大块，散发出恶心的味道。

还有一个雪茄盒，里面装满了绿色的园艺捆扎带，每十根一把，中间用另一根捆起来。我马上就把它们扔掉了，尽量不去想这些东西——用这些东西打一个结，植物就会被扭曲一下。我很想知道哈利什么时候攒下了这些东西。

哈利小心地藏着这些东西，像是担心哪天会被偷走或者抢走。我想起他悲伤抑郁的日子，想起他搬家时处心积虑地收好他的宝藏——全都贴上标签，藏起来。我抬起头，在越来越清冷的空气中对莉莉贝特说：“你会不会觉得哈利是第二个霍姆斯先生？”

我开始害怕自己再发现什么。我告诉自己：哈利曾经是收养儿童；他童年时住在杂物棚里；他一无所有，连双鞋带都没有。我找到的东西都是那个男人的收藏吗？那个晚上下班后站在窗外、举着宝宝看我的男人？那个跳到空中、两个脚后跟碰得咔咔响的男人？虽然离地的时间很短，但那是多么有趣的场景！凯斯拍着手，要他再跳。

哈利，我几乎不认识你了。

31

还有更多。

哈利床头柜的合页盖子下面藏着一些照片。我花了好长时间才发现，因为上面压着一盏铜质台灯，似乎从没移动过。哈利死后又过了很长时间，我才想起来看看柜子里面。

哈利一定是趁我不在家的时候，才去欣赏和扩充他的照片藏库。他要拿起台灯，放在地板上，还要有足够的时间把照片拿出来再放回去。他真是选了个好地方，因为他死后过了好几个月，我才发现那些照片。当时我想把床头柜捐给萨利·安[①]，拿开那盏台灯，掀开盖子的时候，发现里面是哈利家人的照片。之后那半个下午，我都在房间里，试着把照片恢复成原来的顺序。我这么做，也是为了纪念哈利所爱的人。

我也借此通过哈利的眼睛了解和认识他的家人。

这叠照片的最上面一张是哈利的至亲——他还是个孩子时就

① 基督教慈善组织救世军的慈善运动，旨在帮助孟加拉国妇女学习商品贸易。救世军从孟加拉国妇女那儿购买手工艺品，再将它们通过各种渠道出售。

失散了的姐姐韦尔纳和哥哥戈多。他们也是收养儿童，也曾试着寻找哈利的下落，找了半个多世纪。终于，在加拿大一个下着雪的冬夜，他们找到了哈利——找到了我们。

十二月七号，哈利六十五岁生日那天晚上，韦尔纳和戈多，还有韦尔纳的丈夫阿尔曼不期而至，站在了我家大门口。那正是我和哈利去“隆重旅行”的那年。

追踪者被追踪了。

他们敲门的前一秒，哈利还坚信他的亲属只有凯斯、我和我的家人。哈利七岁那年，有人告诉他，他有个哥哥，还有个姐姐，他们比他早一些来了加拿大，但那时哈利还小，一时接受不了这样的事实。这样的经历太悲惨，不应该发生在他身上。哈利把记忆里的那些孩子梳理了一遍——那些可能是他哥哥姐姐的孩子。哈利小时候的照片一张都没有，关于过去，他尽力所能回忆起来的也只是一个模糊而令人不快的画面：一个女人躺在床上，手伸向哈利，却再也说不出话来了。那天哈利被带走，送进了收养中心。

韦尔纳和戈多闯入我们的生活，像突然解开了束缚的风席卷而来。他们刚走进家门，就断定哈利是他们的弟弟，哈利也欣然认同。我眼前出现了一个身躯庞大的女人，她冲过来，一边自我介绍，一边朝着房间喊道：“看哪，我们的小哈利！”他们的哥哥戈多站在客厅里抹着眼泪。哈利没有激动到当场暴毙，但他的腿抖得厉害，只好坐下。因为兴奋，我的腿也在颤抖。

第一印象。

哈利、戈多和韦尔纳长得很像，像得简直不可思议。从侧面看，他们的轮廓一模一样。似乎他们三个人是三胞胎，区别只是年龄不同。我的丈夫哈利是最年轻的一个。

菲尔后来见过戈多和韦尔纳，她说：“让他们都戴上帽子，拉到耳朵上遮住头发，从侧面看，你肯定分不清谁是谁，可能连男女都看不出来。”

戈多和韦尔纳二十多岁的时候，幸运地重逢了。他们作为收养儿童来到加拿大，被送到艾伯塔省，他们重聚也是在这个省。韦尔纳生活在高河附近的一个农场。乔治六世退位之前，威尔士亲王曾视察过他的环保牧场，那时韦尔纳还见过他。这些都是我们第一次谈话的时候聊到的。

戈多和韦尔纳都搬到了东部，最后找到了结婚的对象，但从来没有动摇过要找到弟弟的决心。接近山穷水尽的时候，韦尔纳听说了一家叫“寻亲”的机构，并和他们取得了联系。这家机构查询了英格兰那家已经倒闭了的孤儿院的历史档案，发现哈利被送到了安大略。之后不久，三个自称是我们近亲的陌生人来到我们家，不约而至，如狂风扑面。

实际上，韦尔纳住的地方离我们不远，从维纳河镇开车过去只要两个小时。很多年前，她在七号公路旁边的一个村子里开了家礼品店，卖亲手做的手工艺品。她散发着伏特加和辣椒的气味，身躯庞大，声音低沉而洪亮。她的前两任丈夫都死了，阿尔曼是她的第三任丈夫。阿尔曼比她小十岁，是个俄国人，留着小胡子，矮矮胖胖。一九五六年，阿尔曼绕道匈牙利来到加拿大，爱上了这个国家。阿尔曼很结实，肌肉发达。他总是收紧下巴，低头看着自己的上臂，似乎自己的视线就能让肱二头肌变得更发达。我还以为他是个摔跤手，或者过时的走钢丝杂技演员。事实上，他是个卖纸制品的旅行商，在省里两头来回跑，经常住在汽车旅馆里。他告诉我们，他夜里开车的时候，让自己保持清醒的方法就是朝着沿途的陌生人讲话。经过一栋房子或一个农场，他就大声喊：“你好啊，我的朋友，我要来了，我过去了啊，你要记住我啊。”好像他认识那些人似的。他和那些人讲自己白天发生的事情，或者自己卖了什么东西，再或者纸的质量、他从汽车广播里听到的音乐。有时候他念一段短祷文，一段祝福。他靠这些振作精神，在驾驶室里保持清醒。

我能理解。我这辈子，一直在对着空气和莉莉贝特说话。

阿尔曼跑车的时候，帮韦尔纳收集汽车旅馆里的塑料浴帽。她用那些浴帽当防尘罩，把过季了的工艺品罩上，到下一年再摆出来。韦尔纳和阿尔曼一样高，但更壮硕。她把声音压到最低，叫她丈夫“啊喔曼”。她说话时的腔调已经带着点阿尔曼母语的味道，而且她说话不紧不慢，似乎每个单词都分量十足，不得不在喉咙深处测试好了才能发出来。

阿尔曼比韦尔纳话少，但对她很专心。阿尔曼还很虔诚，第一次坐在我家客厅里的时候，他盯着相框里的一幅照片，说自己看到了天主。照片中有一棵弯弯的树，背景是河流和天空。阿尔曼试图跟我们其他人解释天主的轮廓——高额头、大眼睛、坑坑洼洼的鼻子。天主就在画里面，浮在天空最高处。我们怎么会看不到呢？不过，阿尔曼看到的，我们确实都没看到。

戈多是哈利的哥哥，排行老二。他是个退休的绘图员，住在弗雷德里克。戈多和哈利一样高，瘦骨嶙峋。他每年两次从新不伦瑞克开车来安大略——夏天一次，冬天一次，来看望他的姐姐韦尔纳。

戈多的妻子好几年前就去世了，之后，他一个人生活。他告诉我们，他的胃有“神经质”，对咀嚼钙片有瘾。戈多战时为情报部门工作，这对他的世界观产生了永久的影响。他警觉且多疑。他还是凡事喜欢“第一”的人。第一次到我们家，他就声称，每个月的第一天他都要洗澡，不管有没有必要。他告诉我们，战争结束一年后，他到加拿大东海岸，去了希迪亚克，在那里第一次吃到了龙虾。吸引他的是那家餐馆的设计——简单的正方形建筑，有舷窗，有夏季用来炒蚬的户外披棚。戈多保留了一只鲜红的龙虾钳子。他说：“我用餐巾包了起来，带进了汽车。那真是美妙的一天。”他又忧伤地补充说，“那钳子现在已经褪色了，变成了很淡的粉红色，但还放在我家的壁炉架上。那是我第一次吃龙虾。”戈多那次旅行时就爱上了东海岸，他和妻子一起搬过去，住在了那里。

戈多对待所有事情的特别之处就在于：除了他自己，他看所有东西都是按几点钟方向。我们一下子还不适应这种空间定位的方式。他第一次住在我们家，早上醒来的时候站在客厅窗户边，一边抿着咖啡一边报告：“十一点钟方向，一名男子带着一只黄狗。”

我知道他在说我们的邻居皮特。无论冬天还是夏天，皮特总是穿得像只柏灵顿熊——缩水的军用夹克，纽扣扣到最上面一粒，挺起的胸脯简直要把纽扣撑得崩开来。他养了一只金毛拉布拉多混种狗，每天遛它两次。

韦尔纳和戈多没有出声，我和哈利交换了一下眼神。我看着哈利，很难想象他居然是戈多的弟弟。“这是家人，”我对自己说，“不管怎么说，他们是我丈夫的家人。”

我们新认的亲戚要在我们家住三天，想在一起多聊聊。午饭后，我端着茶来到休息室，那里可以看到下面的院子。鸟食槽边有红雀、麻雀和一对鸽子。山雀在峡谷边缘来回穿梭。戈多严肃地宣布：“鸽子要倒霉，四点钟方向。”紧接着又说道：“十二点钟方向有危险。”我刚往外看，就看到一只鹰俯冲下来，抓起了一只鸽子，在雪地上留下了散落的羽毛和粉红的血迹。这次袭击太快了，除了看到一团羽毛飞掠而过，几乎来不及反应到底发生了什么事。我确信那只鸽子死了，但是刚过了几分钟，它又一瘸一拐地走回了鸟食槽。或许那只鹰把它丢到了雪地里，又或许那只鹰抓起的是另一只鸟，我们的眼睛太慢，没看到。那只鸽子的伴侣也出现了，因为害怕，胸脯快速地扑动着。看到这些鸟这么疲惫，这么害怕，我觉得它们很可怜。

后来，我们开车到山下的药店，戈多要再买些咀嚼钙片。在药店里，他悄悄地说："有个男人偷了把黑色的梳子，塞到了口袋里。看十点钟方向。"

我和哈利也学会了这么说话。"戈多在六点钟方向听呢。"我悄悄地说。他回答："我们到两点钟方向去。"很明显，戈多很孤独。

尽管他们有各种怪癖，但毫无疑问，哈利很高兴自己多了一个哥哥、一个姐姐和一个姐夫。他马上爱上了这个现成的家庭。韦尔纳和戈多比哈利年长，他们记得更早时候的事情。他们知道三人没有成为收养儿童被分开之前，幼年共同生活在英国时的细节。韦尔纳回忆起他们的父母，描述给我们听。她说，他们的父亲金色头发，皮肤白皙。我们不想提到马特。他姐姐讲着他们的父亲，想象我们的儿子应该长什么样。我和哈利面面相觑，诚惶诚恐，我们还是不想第一次见面就说起夭折的马特。

哈利邀请他们三个人回来过圣诞节。两个礼拜后，他们回来住了十天，直到元旦。没过多久，我和哈利见到了他们的孩子、他们孩子的孩子。从那以后，每隔两年，我们都在夏天团聚，通常是在我们家可以俯瞰峡谷的院子里。我们震惊地迎接十四个近亲走进我们的生活。凯斯见过了一个姑姑、一个姑父、一个伯伯，还有五个堂、表兄弟姐妹，六个侄子侄女，这些孩子连我和哈利都不知道。哈利的家庭比我的家庭更大。

哈利挑选的收藏起来的照片还有：一张戈多的照片，他穿着深色西装，戴着共济会绶带，围着共济会围裙。见到我们时，他说他前一年参加过十三场葬礼，死者都是共济会教友，和他一样。我们第一次见面后，戈多从弗雷德里克寄了这张共济会照片过来。照片上，他站在自己的汽车旁边，斜披着一条紫色的宽绶带，深色的西装外面系着带流苏和装饰的方围裙。和照片一起寄过来的还有一封信，他在信里解释说：那西装不是藏青色，但也是很深的颜色。我想问问共济会神秘的握手仪式是不是真的。哈利说："不要多此一举了。就算有这样的握手仪式，戈多也不会告诉你的。"好像他一直都很了解他哥哥似的。

哈利收藏的第二张照片是韦尔纳的，她庞大的身躯正被阿尔曼放在膝盖上颠着。这张照片是在我们家客厅里拍的。韦尔纳并不介意谈起她的前两次婚姻，显然，阿尔曼也很喜欢听她讲那些故事。我看着这张照片，想起她跟我们讲起她的第一次婚礼，还有第一次蜜月旅行——坐巴士去北安大略看五胞胎展示[①]。我要韦尔纳详细说说，她告诉我们，排队的人很多，天气很热，五胞胎姐妹的小鬈发头整整齐齐。她带了礼物给五胞胎，是五种不同颜色的蝴蝶形头花，她亲手把它们粘在了发卡上。"我的手艺一直很棒，乔姬。"她说。她一直用那种低沉的声音讲述她的故事。"我从钱包里掏出发卡，递给了检票员，但我一直不知道五胞胎姐妹有没有收到那些发卡。检票员真是个讨厌鬼。她可能扣下了我送给五胞胎的礼物。"

五姐妹的其中一个瞪着韦尔纳，似乎以为她才是自己真正的妈妈。韦尔纳记得这一幕。离开前她买了张明信片，寄给后来成了她第二任丈夫的那个男人。韦尔纳的第二任丈夫是个剪枝大师。他

---

① 迪翁五胞胎，世界上第一例活下来的五胞胎。1934年5月生于加拿大，由政府抚养，并在主题公园里公开展出。

搬到韦尔纳家之后，就砍光了后院树上底层的树枝，只留下一排细长的树干和一点点树梢。干完这些，他又走进院子尽头的那块保护林，投入地修剪起来。一天又一天，他推进到森林深处。

韦尔纳说，她不像想念第一任丈夫那么想念他。“如果他还活着，树林里的树就全毁了。”她说道，缓慢的音调比阿尔曼讲话还像俄语。阿尔曼哼了一声，把韦尔纳拉到自己的膝盖上，颠着她重量可观的身体，似乎还打着什么拍子。那情景真值得一看，太有意思了。哈利拍了下来，而这张照片也成了他收藏的一部分。

还有凯斯和赖斯的合照、凯斯在自己的剧院开业那天的照片、我和艾丽的合照、艾丽和特里克的合照、我们的侄女凯瑟琳的照片——他们一家正住在博卡拉顿的大宅里呢，还有菲尔和弗雷德姨妈在节礼日的合照，这张照片是哈利在弗雷德姨夫去世那年拍的。那时霍姆斯先生和弗雷德姨夫都不在了，她们两姐妹坐在我家房间里的大沙发上，脚跷在茶几上。她们在听马里奥·兰扎——哈利放的唱片。她们还在炫耀新拖鞋——她俩每个新年都互相送这个。菲尔的拖鞋是红色的，弗雷德姨妈的是松绿色的。每年圣诞节，她们约好换上新拖鞋之前把旧的扔掉。照片上的两张脸都流露出一丝忧伤。拍完照之后，弗雷德姨妈脱下一只绿拖鞋，掸掉自己和菲尔刚跷过脚的台面上的灰。我记得唱片放完的时候，菲尔说：“他死得太早了。我可以不介意他的大肚腩，但他死得太早了。”她在为兰扎伤心。

弗雷德姨妈悼念自己的丈夫，她开始让我想到麦克白夫人，并非因为麦克白夫人是教唆犯或杀人犯，而是因为麦克白夫人整天不停地洗手。那个圣诞节，姨妈的行为反常到令人痛心时，我又想起了格林菲尔德小姐教会我们的对白——什么！这两只手再也不会干净了吗？我想起学校里的小孩子在课间跑来跑去，在各自面前摇着手喊着：“去掉，该死的血迹！去掉，我说！”然后跑开。因为在校园里喊该死的却没有受到惩罚，他们像傻瓜一样哈哈大笑。

弗雷德姨妈想念姨夫的黄色笑话，想念他的激情，还有他们每天的争斗。生前每一天，她都在想念自己的丈夫。现在，我也想念他们两个。弗雷德姨妈孤独地死在床上。我收起哈利的照片，把它们放回床头柜。我做这些的时候，又发现了一个扁平的棕色小包裹。我拿起来打开，里面是我夭折的宝宝马特的四张黑白照片——在婴儿车里、在窗边被双手举着、躺在被窝里，还有最后一张是马特在我怀里，正对着镜头微笑。

我当时就受不了了。悲伤从我身体里倾泻而出，似乎我从没为马特和哈利的死感到悲伤。我一直哭，一直哭，上床用被子蒙住头，一直到第二天早晨。

后来我才意识到，哈利一张自己的照片都没有留下。似乎他一辈子都把自己当作一个窥视者，远远地看着自己的家人。

我没有把床头柜送给萨利·安，那些照片还在盖子下面，留给下一个人发现。

32

闸门已经打开。悲伤无穷无尽，只不过它不断变着模样，翻来覆去。悲伤和自怜实际上是一回事吗？我不能再想这些，一定要回忆美好的时光。

去欧洲的时候，我和哈利很开心。我们自己安排行程，只去了部分国家。坐飞机真是刺激啊，我们两个人都是第一次。每到一个城市，我们就预订一日游，或者雇辆车到处转。大多数时候，距离近的地方我们就走过去，要么就坐公共汽车。计划行程的时候，我们翻开欧洲地图册，坐在椅子上盘算要去哪儿——索姆、奥地利的蒂罗尔、日内瓦、圣雷莫、雅典、罗马。我想去伦敦，但哈利不同意。他还是个孩子时，被那个国家流放出境，他不肯再回去。

旅程的最后一站是塞浦路斯，抵达和离开都是在拉纳卡机场。这个城市有一座十二世纪的教堂，建在圣拉匝禄第二次死亡后的坟墓上。我们住进酒店之后，问了去那里的路线。拉匝禄死后复活，然后又活了三十年。他还是基督的好朋友。据说那个教堂保留着他的部分遗骨，这样的地方谁不想去看看呢？

我们去的那天，空气炎热干燥，我们都热坏了。哈利付了钱，买了门票。我们把两张边缘剪过口的小纸片塞到口袋里，慢慢走进小教堂的阴影中。里面的所有东西不是金色就是蓝色——包括讲道台。教堂里没有其他人，我们与世隔绝了，听不到外面的声音。

我看到入口旁边的桌子上贴着圣像的照片，又抬起头端详真正的圣像——拉匝禄的复活。一个瞪圆眼睛、满脸愤怒却头顶光环的男人，原被做成木乃伊，但一些绷带已经脱落下来。这个男人长着一对浓眉，尖尖的胡须垂下来。他被缠起来的时候，手臂也被塞到两边，因为这个，他复活后的身体似乎没法保持平衡，随时可能摔倒。最后，他只把头挣了出来。绷带散落开来，从他脖子和仍然被裹着的肩膀上垂下来。一个穿着橙色外衣的男人正在解开拉匝禄身上的绷带，他捏着鼻子，说明拉匝禄已经腐臭了。基督在整个画面的中央，左边簇拥着一群棕色面孔的圣徒。

很遗憾我没能在小时候看到这张画像。它早该用来开发我和艾丽的想象力，虽然艾丽可能会重画这个场景，把背景改成雪景。橙衣男人捏着鼻子，足以说明拉匝禄确实是腐臭了，和我们之前笃信的一样。我记住每个细节，好在回家后讲给艾丽听。

哈利发现一个入口，里面是向下的石阶。我跟着他进入那个黑洞，摸索着向下走。我们踩着窄窄的石阶，走进一个密不透风、令人窒息的空间。我必须留意着别碰到头。我在底下停了一会儿，让自己的眼睛适应黑暗。我紧跟在哈利后面，突然感觉到一只瘦骨嶙峋的手摸到我的背。我尖叫起来，差点摔倒。但几乎同时，我就反应过来，摸我的应该是跟在我们后面下来的那个干瘪老妇人。她站直了才勉强到我的腰这么高，但她一把推开了我，一下子扑出去，跪倒在距离我们不到四英尺的坟墓上。这个老妇人躺在拉匝禄的遗骨上哀悼起来，亲吻着石板。

我渐渐习惯了她的哀悼声，又听到了滴水的声音——原来是圣水，从石板上渗出，不紧不慢地滴到地上，消失在半明半暗中。没有灯，但我们已经适应了身边的环境。老妇人从潮湿的地上捡起一个揉成一团的纸杯，开始收集圣水。我们看着她包着头巾的身影。虽然她继续无视我们，我却被这一幕感动了，那种感觉真是奇怪。她把圣水洒在墓上，又往自己身上洒了几滴，然后和下来的时候一般迅速地离开了，把纸杯丢在了身后。

我和哈利随即也离开了这个死者的世界。四天之后，我们回到家，“隆重旅行”结束了。

现在，这里有只翅膀宽大的乌鸦，它划过天空，听着我的故事。喜人的生命迹象。这是我以前看到的那只乌鸦吗？我大声说过我的故事吗？

阳光温暖着我的手，这一刻我忍不住要唱起《南方之歌》了。

我需要有人和我说话。不要走。请不要走。

那你就飞走吧。看看我介不介意。如果你回来，我会狠狠揍你一顿。

好吧，我介意。

呀！呀！

*一只乌鸦报忧，两只乌鸦报喜。*乌鸦是种预兆，我记得。格林菲尔德小姐肯定料想不到，她教给我的东西，居然在我脑子里留下那么深的印记。也许她一直都知道，她就是这么打算的。

又呀呀叫了。一只聒噪的乌鸦。变态，走音。

哈，谁在叫？所有噪声赶快消失吧。

这只乌鸦看到我了，我敢肯定。它遍体漆黑，羽毛光滑油亮，踽踽独行。不过，乌鸦经不起多想。弗雷德姨夫总是说，如果你看到一只孤零零的乌鸦，那说明你有厄运了——不是死亡就是意外。

不要想着死，乔姬。如果你想，你就会倒下死掉。

我已经倒下了。

但你还没死。

对活人说话，对死者说话，对乌鸦说话。没有什么区别。也许我失控了。

我和哈利半开玩笑地说到“抽枕头”。如果他先不行了，我要抽出他头下的枕头；如果我先不行了，就换他抽出我头下的枕头。“不要拉，”他说，“不要拽。”这是他在狄克森农场生活时听到的风俗。

抽出枕头是为了让最后一刻来得快一点，可以走得更舒服些。

现在我没有枕头，虽然我很想有一个。如果有枕头，我的头和脖子就能更舒服些。

我没能帮哈利抽出枕头，他去世时，我甚至没在房间里陪着他。

别想这个，乔姬。祷告吧。不要放弃。再试试念信条吧。想起哪句就念哪句。这次，也许你能想起来。

> 他在比拉多执政时蒙难，
> 被钉在十字架上，死而安葬

又是死亡。我需要平心静气才能继续祷告。和哈利去旅行，飞越大洋的时候，我飞快地默念着祷告词。我在默默地祷告，但我的祷告词托起了飞机：主啊，别让我们掉下去。主啊，别让我们掉下去。主啊，别让我们掉下去……我翻来覆去念着主祷文，像转动念珠上的珠子，一遍完了紧接着又是一遍：直到永远，阿门……我们在天上的父……直到永远，阿门……我们在天上的父……

我们回家后，我把这件事告诉了凯斯，她怀疑地摇摇头。凯斯坐过很多次飞机，她很乐意把自己托付给飞行员和乘务员，安心地看书度过飞行时间。如果同机的乘客在降落前拿出念珠、画十字，或者在飞机落地时夸张地鼓掌，她会不高兴，因为那些举动意味着对安全降落没有信心。

凯斯，我们的孩子，她自己却没有孩子。因为我和哈利失去了儿子，才让她不肯要个自己的孩子吗？我们试图保护她，悲伤却沉重地横在那里，哪怕这悲伤是隐藏着的。凯斯现在打理着剧院。作品就是她的孩子，她把所有的爱、所有的关注倾注在上面。她还有赖斯。

我是多么爱我的女儿啊，还有她富有感染力的笑声、迷人的幽默感和漂亮的黑发——现在染过了，因为她开始长白头发了。

我想发个烟雾信号给凯斯，或者别的什么人，但我没有火柴。我为什么会有火柴？如果有，我可能会把自己点着。现在，想到火柴，我又想抽烟了。我没有食物，没有水，只有沾了点湿气的袖子和自己的口水，我却想着抽烟。我们人类是多么荒唐啊。

起风了。九点钟方向有个黑色垃圾袋。不，是那只乌鸦，还是只有它一只。我没注意到它是什么时候落下来的。

过来，小乌鸦。用你笨拙的小细腿跳过来。我不介意你是单独一个，我也不介意你是凶兆。如果我保持安静，或许你会留下来。

我对你的鸟类同胞很好，虽然说老实话，并不一定都是乌鸦。有年春天，我们一直留意着一只年幼的知更鸟。与往常我们看到的相比，母鸟在它身边逗留了更长时间，因为那只幼鸟只有一条腿，落地时踉踉跄跄，动作很滑稽。幼鸟单腿跳来跳去，像腿脚僵硬的人在舞蹈，母鸟就在旁边看守着。

那个冬天，韦尔纳和阿尔曼走进了我们的生活，那时他们也腿脚僵硬地跳过舞。礼拜天的早晨，他们穿着浴袍下楼，要看看我们有哪些唱片。他们放了盘唱片，跟着赞美诗，绕着客厅里的地毯跳起华尔兹来。哈利点着了壁炉，然后和我——还有戈多——坐下来，一边喝咖啡，一边看他们跳舞。

他们跳了两支舞——《请讲悠久的故事》和《容小孩来》，前面一首倒是接近华尔兹舞曲，后面一首就快一些。看着他们把我们熟知、热爱的赞美诗当作舞曲，我很激动，那种激动难以名状。那一刻，我想，礼拜天的早晨，我新认的亲戚用圣歌伴奏跳华尔兹，丹姥姥会怎么说呢？不过她十五年前就去世了，不能当场发表意见了。无论如何，丹姥姥都不会欣赏韦尔纳和阿尔曼的这种趣味——他们俩不是丹姥姥的会众。

圆木在壁炉里噼啪作响，客厅里又热了起来。我们捧着咖啡杯，感觉温暖又舒适。从那一次开始，韦尔纳和阿尔曼每次来我们家，每到礼拜天都会做同一件事——跟着玛哈莉雅·杰克逊唱的《主祷文》，脸贴着脸跳慢华尔兹。直到最后一声拖长了的“阿门”结束，他们才上楼换好衣服，再走下来，开始正常的一天。

这让我和哈利很兴奋，以至于让我开始怀疑：莫非我们和戈多一样，也很孤独。

33

哈利死后，除了他藏在床头柜里的那些照片，我还发现了另一张照片。

一张陌生女人的照片。

这张照片是他死了一年以后，我在地下室他的木头文件柜里找到的。我不是想要处理里面的旧文件，而是想找找已还款的账单和以前的纳税申报单。我最终下定决心开始动手，果然和我预想的一样费事。我花了整整一个早上，把那些纸塞进碎纸机，凯斯执意要我买这台机器，我把它放到地下室，架在一个废纸篓上。

我没有粉碎那张照片。哈利把它装进一个棕色信封，信封又单独放进一个纸质文件夹，藏在文件柜后面，这说明哈利很看重它。照片是黑白的，5×7英寸大小。我一眼就看出来，那张照片是在镇上的舞会时拍的，因为我认得照片的背景以及哈利身上的西装和领带。镇议会赞助，在狮子俱乐部举办了一场舞会，庆祝医院新建儿童病房募捐成功。那天晚上他要我帮他拿条领带，我选了条佩斯利花纹混纺的，我知道他喜欢那一条。我和哈利换好衣服之后吵了一架，很突然。和弗雷德姨妈、弗雷德姨夫不同——他们总是坚持说不记得为什么吵架，事实上他们肯定记得——我确实记不得那天我和哈利闹了什么矛盾，所以那必定是极微不足道的事。不管为什么吵架吧，反正我狠狠修理了他！我脱掉舞会礼服，换上居家服，一个人待在家里。他不得不一个人去。

哈利和那个女人背靠背站着，手指勾在一起。哈利面对着镜头，那个女人的大半部分都看不到，被哈利挡住了。

那张照片是谁拍的？谁放大的？现场冒出来一个摄影师，拍下了舞会的亮点？

哈利和那个女人摆了那么奇怪的造型，好像刚跳过什么怪异的舞蹈，不得不停下来喘气似的。哈利稍稍倾着身体，为的是平衡他那条跛了的腿。看得出来，他开心得很呢。

那张照片对他来说很重要，他才会藏起来，不让我看到。

从照片上还能看出来——那个女人穿着毛料长裙。我能看到裙子的下摆和黑皮鞋的鞋跟。我看不清裙子上的图案，有可能是格子的。她比哈利矮，柔软的，抑或是骨感的肩膀没有伸出来。她应该比我瘦，比我矮。

但她是谁？是那个曾在市政大厅里做事的珍妮·普赖斯吗？还是那个在医院开礼品店的安妮什么的？她俩个子都矮，也都参加了那场舞会，可她俩的丈夫当时都在场。

我看着那张照片，感觉像有人在狠狠捶我的肋骨。我还跪在碎纸机前，不得不弯下腰，用手撑着地板，才不至于摔倒。我感觉肺像要被肋骨戳穿了，不敢大口喘气。

那个亲密的时刻是在什么时候？意味着什么？我对自己说，那张照片肯定是他们刚跳完一支舞时拍的。他们等着评出舞场冠军。但那个女人是谁？哈利为什么把她的照片藏在文件柜里？

我开始把她叫作无名女士。

呼吸平静下来之后，我说：去死吧，哈利。

但哈利早就死了。

这件事是大是小？丹姥姥曾说过："对任何事，都不能一无所知，不管这事是大是小。"

如果我发现那张照片的时候，哈利还活着，躺在枕头上，我一定会把枕头拽出来——狠狠地拽出来。

不过，我没机会这么做了。我拿起照片，装进原来那个棕色信封，把它带上了楼。我抽出厨房里放锐器的抽屉，用切肉刀划着信封。我试着让自己冷静，关上了抽屉，开始缓慢地深呼吸。

大中午，我躺到床上，把头埋到被子里。

哈利，我简直不认识你了。

麻 骨

34

想起那个女人就会让人愤怒，或者怨恨，总之是让人不愉快。如果我们能给灵魂拍X线断层照片，深藏的恶意会不会显示出楔形的阴影？孤独会不会是锐利的三角形？它们会在脾脏下挤作一团吗？或是堵在横膈膜那里，叫人喘不过气来？脑子上是不是挂着倒刺，我们的视野才如此狭窄？或者那些尖刺戳穿了我们的心脏？

忘掉那些坏东西，乔姬。别让它们到你身体里去。

我尽量让自己暖和一些。我在挪动，一点点地，每一下都很痛苦。阳光还没完全消失在云中，它撩拨着我。我能对着头顶飞过的乌鸦唱歌。现在我已经熟悉了这只乌鸦，不再幻想它忙来忙去是在帮人送信。

一切都那么明亮且美好
世间大小万物
一切都那么睿智且精彩
是天主创造了它们

哈利最喜欢的赞美诗是《求主同住》，他想听特雷莎·布鲁尔唱，可惜我们都没听过她唱赞歌。我偶然间知道哈利迷恋她唱《棉铃象鼻虫》[①]时歌声中小小的停顿。这就是哈利。他迷恋特雷莎，我可以接受。无名女士？绝对不行。

我渴得要命，水是生命的必需品。不过，虽然我很虚弱，却一点都不觉得饿。

弗雷德姨夫经常说："饿死了，一头牛都吃得下。"

我只要一个小土豆就够了。最好来杯水。我最想要的是水，不过一个热土豆能带给我温暖。

赞美土豆吧，乔姬。想象食物在你面前，如果这能让你坚持下去。

哈利，还记得吗？我们第一次，也是唯一一次去西部，是在维纳河镇有热浪的那年，历史上最热的一个夏天。从欧洲回来之后，我们都对旅游上了瘾。选择去西海岸，是因为我们都没去过那儿，而且我们想去有清凉山风的地方看看。我们飞到温哥华，租了辆车，穿越山区，我第一次看到那么广阔的森林。

过了不列颠哥伦比亚省，我们继续南下，到了华盛顿州。在美丽的城市西雅图，我们经过古老的海边市场，买了四支花朵低垂着的黄色大丽花，然后拿着这些花，沿陡峭的山路爬到山顶的酒店。第二天，我们呼吸着带着海洋气息的空气，去坐了渡轮。渡轮绕着普吉特海湾转圈时，我把丹姥姥的披肩裹在身上。晚上，在山下的西雅图海鲜餐厅，我们点了鲑鱼排和法式乳酪焗土豆。女侍应似乎没听说过这道菜，问："您的意思是……乳酪……炖……土

---

① 原文为"Bo Weevil"，是一首经典的蓝调歌曲。

豆？”我们点点头，看着自己的膝盖。吃完之后，我们爬山路回酒店。我看到一个黑色的胸罩躺在垃圾桶旁空荡荡的人行道上，罩杯都被压平了。真是令人悲伤啊，我这么想着，捡起了那个胸罩，塞进了垃圾桶。回到酒店，上床前脱胸罩的时候，我又想起那个胸罩。我和哈利摸黑脱了衣服，没有关窗帘，这样我们就能俯瞰海湾的灯火了。

那个夏天，东海岸也很热。我们回去之后，戈多宣布，他要来我们家。哈利藏起来的照片中，有一张就是那次他去我们家，临走的时候拍的——那天晚上他洗了澡。他在我们家住了一阵子，只洗了那么一次澡，我一直对自己说：要忍。戈多总是沉闷不语。他会长时间盯着厨房窗户外面的野樱桃，吮着钙片。有云飘过房子上面的天空时，他会大声说：“云来了，房子完了！”

照片中，戈多穿着紫红色的平绒睡袍，那是哈利送给他的，也许哈利这么做，是为了感谢他不仅决定洗澡，而且要回新不伦瑞克。看着他要走，我们一点都不难过，但他是哈利的家人，我们都要容忍他。他走的前一天晚上，我和哈利在卧室里做爱，发出很大的动静，旁边就是客房。到现在我还为那件事感到羞耻，因为我们这么做，是为了赶戈多走。这实在是让人感到羞耻的行为。

但做爱本身不是。亲热过后，哈利经常说我：“你把什么都写在脸上，只要你一迈出家门，每个人都能知道你刚做过什么。”我走出去的时候，感觉陌生人一直盯着我看。

戈多刚开车离开，我就径直回到客厅，瘫倒在大沙发上。我听着强戈的《孤独》——圆润饱满。他的弹奏让人轻松而愉悦。

错觉。我闻到了河水的味道，虽然小河离这儿有两英里远。我感觉到手背上有潮气，舔了舔，想起我和艾丽小时候经常去的鹅卵石河滩。近几年里，人们开始把那地方叫作河滨休闲区。不管名字怎么变，地方还是那个地方——一个隐蔽的小湾，水深足够游泳。如果你走过莫特家的旧屋——现在是个准备出让的地块——再往前走，就能走到上游的大河。战争时期，我和艾丽十几岁，礼拜天的下午，我们有时会到河滩上去。我们穿着泳衣，躺在平坦的岩石上晒太阳。我们压低声音，有一句没一句地聊着天，身子翻过来翻过去，好晒得均匀些。回到家后，我们互相帮忙，往背上抹爽肤水，滚烫的皮肤也变得凉爽了。

凯斯出生几个月前的一个晚上，天气特别热，哈利下班回到家，开车带我去大河边。我们的老哈德森叮叮当当，在岩石上颠簸着，把我们送到河滩上的一片空地。我们到时，附近没有人。我们脱得精光，把衣服搭在鼻状引擎罩的格栅上，然后走进水中。河里很干净，水流很快，河水冒着泡泡。我站在齐脖深的、清凉的水里，感觉自己都融进了舒缓的水流中，然后我游了起来。我们蹚着水上岸时，我在想：我们还没来得及穿好衣服的时候，会不会有人过来？我挺着大肚子，皮肤比以往任何时候都柔软。那时我二十二岁，哈利对我说，你很漂亮。我听着他的英国口音，相信他说的是真话。

哈利，我的爱人。无论如何我要暖和起来，活下去。我甚至试着赞美我们的往事。把自己从精神世界里捞起来，把别的什么人推下去。我躺在灌木峡谷里。我们无数次走到这里，我不会给你指路，那等于羞辱你。我翻车了，哈利，你从穿着白皮鞋的商人手里买来的黑汽车。它居然四平八稳地着地了，虽然我不明白为什么会这样。

我仍然觉得那是你的车，我永远都会这么想。

我在空中飞过，那不值得骄傲。飞的时候，我可能没什么了不起的想法，但那个稍纵即逝的时刻让人想通很多事情。我是这个，我是那个。矛盾的两面。欢乐或痛苦。泪水或欢笑。沉底或遨游。

生或死。

我还不想死。

拜托了，全身的老骨头。我很冷，我老了，我在峡谷底下，我的肋骨还连在身上，但我不知道自己还能坚持多久。我唱过，吼过，回忆过我们的历史，发出过信号，向天主祷告过，而且我在离家这么近的地方。那个无论好坏，你都会陪在我身边的家。

我想让你听我说话，哈利。就像我们晚上说悄悄话那样听你说话。你抱着我，我把脸靠在你肩膀上。临睡前的最后一丝清醒。我们年轻的时候，你在我大腿上留下吻痕，你的心贴着我的胸脯，跳得飞快。

对死者说话，让人安心。他们都这么说。

35

小土豆就是全部。我努力想着温暖，努力赞美食物。

好吧，我——乔姬·丹福思·维特利，在这里真诚地赞美食物，我要努力振作起来。

入口即化的布丁，鼓鼓的，配着肉汁。

烤面包片上的奶油豌豆。奶油是新鲜的。实在不行，偷来的豌豆也可以。

茶，一杯热气腾腾的茶。

“帮你添点热水。”弗雷德姨妈说着，往杯子里加了些水。她直接把水倒进姨夫的茶碟里，像喂小猫一样。他们最小的儿子以前送给他们一个杯子，倒开水进去的时候能显出教皇的身体。杯壁热了，教皇的脸也显现出来了，他的手臂伸开，罩在下面群山图案中的一个山脊上。杯子上的教皇是已去世的前任教皇，继任者是本笃十六世，但我相信本笃十六世一定不喜欢登基后略显浮华的生活。他登基时年龄已经很大了，这让我感觉自己也应该出去找份工作。教皇和我、和莉莉贝特一样，都是四月出生的，不过我在报纸上看到，他比我们小一岁。

我比教皇年龄还大。我躺在这里的地上，而他正在忙着自己的事。

我又要想到水了。一个玻璃杯、一个茶杯、一个热水瓶、一个水壶、一条小溪、一条河。我的身体浮起来了，头转来转去。我想喝水了。水很干净。我不冷，我只是浮着，喝水，浮着，喝水。

那边有东西在动？又是那只乌鸦？一定是别的什么动物，这里到处都有陆行动物。因为我嘟囔着、念叨着，还自己给自己唱歌，它们才不肯靠近吗？

不过，不是那只乌鸦，是一个黑色的垃圾袋，这次真的是垃圾袋，挂在低处的一根树枝上。我往灌木丛看去，只看到一个黑影，像是一只动物，身体很长很健硕，拖着根光滑的尾巴。是我的眼睛又黑蒙了吗，还是光线渐暗，角度问题？好在我眼前的黑斑没有了。

如果莉莉贝特发现自己躺在峡谷底下的地上，她会怎么做？没有毛毯可以盖，菲利普也不担心她为什么不陪自己喝茶。

莉莉贝特，那些是真的吗？你和菲利普分床睡了？晚上没有人和你盖一条毛毯，给你温暖了？如果你知道失去丈夫的日子是多么孤独，你一定会重新考虑的。

如果你在我现在的处境中，你能活下来吗？我从没学过求生技巧。不像你，我不是海岸巡逻兵，也不是向导。但我还是想知道，如果现在躺在这里的是你，你会怎么做。虽然这个问题很不现实，你有司机，还带着随从，这是王室成员的特权。不过，你会开车，我看过你战争时的照片，那时我们都还年轻，你还是公主。战争就要结束，你在上车辆维护课。我在杂志上看到过你，在电影正片前的新闻短片里看到过你，那正片和新闻短片都是黑白的。你穿着制服，显着很精神，很爱国，你似乎很高兴能为战事做些什么，特别兴奋。我很羡慕你，因为那时候我还没学会开车，即便我也在驾驶员旁边看过一两次了。

那边又有什么在扑腾了。那个垃圾袋看起来像只鹅。我产生了幻觉，不由自主又想起食物。想到水，我就痛苦无比。我发出的每个声音都像嘎嘎叫。我和哈利去瑞士旅行时，住在一家酒店，哈利在洗澡，我坐在床尾，看法国电视台放的黑白纪录片。那片子讲怎么养鹅来生产肥肝。哈利没有看到那片子。我看完了，但也后悔了。纪录片开头是一个法国农民自豪地展示他怎么固定住他的鹅——一只肥胖的鹅被卡在一个木条封顶的木箱里。鹅的头和长脖子的一段从木条中间的开口中伸出来。到了填喂时间，农民把一个漏斗塞到动弹不了的鹅脖子里，往里倒谷物——这样的填喂每天要重复很多次，他们要的就是强行填进去，这样鹅的肝会异常肥大。可怜的鹅，头伸到天上，喉咙拉得老长，食道里塞满了食物。我都替它感到窒息。鹅没法把头缩进木箱里，只能嘎嘎嘎地拼命叫。从那以后，我再也没吃过鹅肝，你会觉得这很奇怪吗？

到了片尾，美食家们似乎没那么恶心了。四个男人坐在凉棚下阴凉处的粗木桌子边，面前的小碟子里摆着鹅肝酱。他们用小块面包蘸着鹅肝酱，鉴赏不同的鹅肝酱前抿几口红酒。画面里不再有鹅出现了。

填喂的景象足以让所有人失去对鹅肝酱的胃口。

还有另外一种鹅，想起这种鹅感觉就好多了。那是一年春末，我们到东部看完戈多后，沿横加公路回家。哈利开着车，已经出了新不伦瑞克省的地界，进入魁北克省。我们已经路过圣路易斯-迪哈哈，甚至可能已经过了里维耶尔-迪卢，接近圣劳伦斯河了。我透过车窗往上看，看到一大团移动的白色物体遮住了天空。

很快我就反应过来了，我们正在雪鹅的迁徙路线下面，遭遇了它们一年一次的重要集会。雪鹅一波又一波，一行又一行，穿梭着，扑动着翅膀飞下来，黑色的翼尖忽隐忽现，白色的肚皮落在空地里的黑土上。视线所及的田地都变成了白茫茫的一片。地上的雪鹅越来越多，还不断有别的雪鹅继续飞过来。天空中，雪鹅汇成参差的波浪，舞动着，飘荡着，落下来。鸟儿们无休无止地赶来，落满了公路两边的空地。我们停下车，看到别的车也停下了。卡车司机把自己的车挨着停在路肩上，有些司机在车旁边走来走去，三两成群地谈论着，手指天空，语气中充满敬畏。我们下了车，站在原地。

那一幕让我想下跪。

现在想起来，那也是种赞美。

36

虽然哈利退休以后，我们才算真正旅游过几次，但我们是很好的旅行家。在欧洲，我们从日内瓦飞到意大利。里维埃拉全是山脉，很是无趣，不过我真心喜欢我们的目的地——圣雷莫。在飞往尼斯的短途飞机上，服务员发给每人一杯茶、两块饼干。我看着过道那边的一个高个子男人，吃每块饼干前，他都小心地剔掉上面的葡萄干。整个旅程中的大部分时间，他都在一颗一颗地挑那些葡萄干。我想到了凯斯，她小时候喜欢麦乳里面的“小点点”。飞机着陆的时候，我回头看，那个男人才刚吃完第二块饼干。

那个可以俯瞰海景的山坡以前肯定是个美丽的地方，却已被法国和意大利浇上了水泥。我们乘坐出租车的长途旅程中，透过车窗就能看到那个山坡，虽然山坡上连绵数英里的花房里，鲜花倾泻而下，却没法抵消水泥山坡的大煞风景。不过刚到圣雷莫，我就爱上了那个城市，爱上了那里的每一个细节——从我看到酒店房门前的警示牌开始。*如果发生火灾，请遵循以下提示：如果走廊中烟雾太大，无法通过，务必回到房间，关好门，到窗前寻求帮助。*

我和哈利的活动日程是这样的。我们先拴好房门，脱下衣服，好好睡了一觉。下午晚些时候，我们到附近的街上转了转。满树的花，撩拨着人的心思，简直令人抓狂。我们走进利古里亚海边的一个公园，看着外面蔚蓝色的雾霭。树的藤蔓垂到地上，喜鹊在觅食，鸟儿们藏身在巨大的树叶后面，发出喵喵的声音，宛若人行道边的野猫。我们离开公园的时候，一个男人正在抓裤裆。在意大利，这种大庭广众之下摆弄私处的动作可谓见怪不怪。然后我们走到码头，溜达着路过那些游艇，小鸟从伞形的树中倏地飞出来。我们回到酒店，站在阳台上，透过摇曳的棕榈树的树梢，眺望远方。傍晚时，我们到淡蓝色的海水里，慢慢地游啊游，游了很久。

第二天晚上，我们的老胳膊老腿居然还爬到了山上的老城区。我们漫步在随山势起伏的街道里，钻进开口在山腰上的古代隧道。我们在一家户外餐馆吃了晚餐，开胃品是一盘橄榄、意式面包和一杯上好的葡萄酒。

晚上睡觉前，我们关上了绿色百叶窗。一只长腿蜘蛛从宽瓦片中钻进来。我们的房间在角落里，浴室的窗户正对着外面的走廊。我正在石头浴缸里洗澡，听到有人在讲德语，是一个女人，一边洗澡，一边说话，柔和的声音中时不时插入一个男人亲昵的声音。他们交谈着，间或有片刻沉默，也让人感觉很舒心。虽然他们的声音听起来还很年轻，但听他们谈话时，你会感觉他们已经在一起生活了很久很久。我真想推开百叶窗，爬过窗台，加入他们。后来在大厅遇到那两个人时，我惊讶地发现，他们俩与我和哈利的年龄差不多。

旅程结束后，我们回到加拿大自己家的房子。我在家中走动，打开窗户，拉开窗帘的时候，居然有一种新鲜感。我想，我们刚刚走过以前从没走过的道路，刚刚吃过以前从没吃过的食物，刚刚到过以前从没见过的地方，这不是很神奇吗？我们遇到了和我们经历不同、命运迥异的人。然而，我们又回到了自己平凡的家，又要回归自己平凡的生活——我瞬间就明白，世事终将如此。我们不在家的时候，凯斯把我们的信送了过来。我从那堆信上拿起了一封。我拿“棕色贝蒂”[①]泡好了茶，把它放到三角火炉架上。我透过窗户看着峡谷边的树，我们走时，它们就在那儿，我们回来了，它们还在那儿。旅行中，我和哈利与那些人有过瞬间交集，但我们的生活是平行的，永远不会再相见了。各种人的面孔渐渐模糊，但我在远处，也能明白他们要继续怎样的生活。

我很冷。我必须休息，一定要休息。

光秃秃的橡树，
夏日里有美丽的藤蔓缠绕，
有风声回响，
如今，却只悬着水晶般的冰凌。

朗费罗[②]。上面没有冰凌，但我里外都冷透了。如果我躺在这里，得了肺炎，该怎么办？凯斯小时候得过两次肺炎。也许她肺虚，人们常这么说。我很幸运，丹姥姥不止一次帮助我。凯斯发热时，丹姥姥把浸了温水的海绵敷在她身上，给她降温。丹姥姥让我们所有人心平气和，因为她给别人的感觉是——她清楚自己在做什么。我希望她明白，她对我们，对我，有多重要。我希望能亲口告诉她。我不用感谢或赞扬她，她不需要这些。我还要对她说，我爱

① 一个历史悠久的英国茶壶品牌。

② 朗费罗（Henry Wadsworth Longfellow，1807—1882），19世纪美国最伟大的浪漫主义诗人之一。

她，哈利也爱她，她也是哈利的外祖母了。

想起丹姥姥，我下定决心要爬到汽车那儿。也许还要一天一夜，也许还要两天两夜，但可以肯定的是，到了那儿，来营救我的人应该已经在那儿了。

我一定能坚持下来。天色朦朦胧胧，但太阳就要喷薄而出，带给我温暖。看我怎么抬头挺胸吧！我看到汽车旁边有一团东西，橙色的一条。那东西一直在那儿吗？

现在我知道鼻涕虫在树林里爬行时，面对的是什么了。凯斯还小的时候，我们露营过几次。开车到荒野公园，找块空地，用树枝搭起帐篷，钉在地上。有次我看到一条鼻涕虫努力地伸展身体，沿着我们的露营地爬过。它花了三天时间，才从一边爬到另一边。每天早上醒来的时候，我都看看鼻涕虫爬到哪里了。每天晚上睡觉前，也要打着手电筒看一看。我不想踩死它，不过也不想帮它转个方向。

我和哈利知道峡谷里的每一条小路，认识峡谷里的每一种花。三叶天南星——池沼洋葱——是他最喜欢的。一年冬天，我们想沿着山路走下来，但雪都冻实了，小路也不见了。我们每人拿着根雪杖，把尖头戳进雪里，才能保持平衡。下到三分之一的时候，我们停下了，因为脚下的地面很不牢靠，我们脚下很滑，总是跌跤。我们站在山路上，听树梢碰撞到一起发出的空响声。我们又小心地回到山顶，像失败的登山者撤退那样，不过方向刚好相反。我们一直向着家的方向，撤退到后院里。

37

呀！呀！

是乌鸦在笑。我这次经历中唯一的伴儿，虽然已去世的亲人都在我身边。

呀！呀！

它在松树上晃来晃去，蹦到最高的松树上，跳到光秃秃的短枝上。它忙个不停，跳到更高处，又停下。它摆动自己的头，哀鸣了一声，眼神直直地看着前面。它看到有人来救我了吗？

我确信自己刚才睡着了。自言自语“我需要水”是没有用的。想想弗雷德姨妈吧，开始时她用毛巾擦手，最后演变成没完没了地洗手——洗净你的手，披上你的睡衣；不要这样面无人色！[①] 唉，她怎么会有那样的癖好，那些水白白地流走，可真是浪费啊。但那是她强迫性的习惯。有时候我怀疑，弗雷德姨夫把他们儿子的头塞到压水井下面，是不是和姨妈的这个怪癖有关。也许弗雷德姨妈不赞成体罚孩子，但也没有极力反对。我的表弟被冷水浇过，似

① 《麦克白》中的对白。

乎也没受什么影响。长大后他们很正常，和别人没什么两样。他们中间，一个是卖鞋的，一个帮人修屋顶，还有一个在银行上班，现在都退休了。既然我想起来了，不得不说，第四个表弟后来做了水脉占卜者，一个探测水源的人，而且，他得了溃疡病。生活就是这么延续着。

弗雷德姨夫死后，弗雷德姨妈回维纳河镇更勤了。因为弗雷德姨夫以前在铁路上工作，姨妈终生都可以免费坐火车。菲尔提醒我们，弗雷德姨妈的医生建议她的四个儿子，不要当着他们母亲的面提到她洗手的癖好。医生说，有强迫症的人，自己越是注意，症状可能越严重。弗雷德姨妈来了之后，要我们随时随地给她准备软毛巾和洗手液，她说，不这样的话，她的皮肤就要溃烂。她那个卖鞋的儿子打电话给菲尔，转告了医生的建议。我们遵照吩咐，全力配合。不过有一天，弗雷德姨妈让我大吃一惊。她在洗碗池里用冷水冲手指，手指已经冻得僵硬，又红又肿。她抬起头，关掉水龙头，伤心地说："你知道吗，乔姬，我也不想这么做，但我控制不了自己，我想哭。也许我做了什么坏事，才遭了这样的报应。"

弗雷德姨妈喜欢在圣诞节和感恩节时过来，不过她每次都在家和自己的儿子一起过节，然后在节后第二天来我们家。艾丽还没搬到南方去的时候，我们俩轮流去车站接她。"吃鸡胸肉的来了，"我们在电话里说道，"吃鸡胸肉的坐火车来了。"

我希望现在弗雷德姨妈在我身边。以前，我每隔几个礼拜打一次电话给她，听她说说她的儿子、儿媳。等想不起来还有什么可说的时候，她就会说："好吧，那就这样吧，汇报完了，没其他事了。"她确实在电话里对我说过，弗雷德姨夫的灵魂有时会坐在她床边，她能看到毛毯被压平，也能感觉到床垫被弗雷德姨夫的灵魂压得陷下去。她告诉我，弗雷德姨夫死的那一刻，他俩手握着手，无名指靠着无名指。弗雷德姨夫的最后一句话是："看那是什么，亲爱的？那边。"她转头去看，但除了靠墙放着的梳妆台，什么都没看到。等她再回过头来，她一生的挚爱已经走了。

我多么想动一动啊，可我的整个身体都僵硬了。我想要丹姥姥的披肩，哪怕上面的流苏就快掉光了。我能用它盖住头，这会有用。我会感觉到安全、欣慰。救援人员能发现我——裹着黑色的寿衣。但这里可一点都不舒服。我会被树根吞噬，没人知道我曾经躺在这个峡谷里。树枝将从我的四肢中抽出新芽，嫩叶将在我的骨头上绽放。

为什么我想起了那只没能从小溪里爬出来的小猫？所有一切都糟透了。天地万物都乱了秩序。一定还有什么是能让我笑出来的。我受了伤，被困在这里，什么都想不起来。我没有体力，也想不出该怎么笑。这样的场景真是很难让人接受。

尽管如此，笑是我们人类所必需的，它让我们活得更久——我听人这么说过。

> 咚咚咚。是谁啊？
> 我们是开心帮！
> 嗯，进来吧！

我们真是天真啊！另一个时空里，存在着一个独立的广播世界。感谢天主，赐给我们加拿大广播电台。还有《小骗子麦吉与莫莉》，弗雷德姨夫喜欢这个节目，霍姆斯先生也喜欢。

有时候，能找到陪你一起笑的人并不容易，事实的确如此。我和艾丽常常一起大笑，这么多年从未改变，即使现在我们只能在电话里交谈。她在博卡拉顿开画廊已经有二十五年了，她说她永远不退休。她给自己的画廊起名叫“雪”。

“你都不敢相信，有那么多加拿大人到我这儿来，乔姬。他们想念冬天，虽然他们不承认。十二月、一月、二月的时候，他们蜂拥而来，把画廊一扫而空。我的画勾起他们的思乡病，供不应求，我都来不及画了。”没错，我和艾丽笑了起来，虽然我们相隔千里。“大宅还给你留着位置，”艾丽对我说，“基本上都安排好了，连安保都考虑到了。去年夏天，特里克装了套报警系统，是可以自动排除故障的那种。我们还雇了个清洁女工，所以你不用拖地板。”她顿了顿，接着说，“不过，收拾桌子还是你的活。”

是的，我们都笑了。和我比起来，艾丽越来越现代化了，她会发电子邮件给凯斯。我多希望凯斯现在能在这里，把我拖起来啊！我们会抱在一起，笑啊，哭啊，然后她会拿起手机，拨打911紧急电话。

我猜现在可能是中午。我听到一只鸟长鸣了一声，接着发出噗噗噗的声音，似乎想把什么东西吐出来。它被什么难吃的东西卡住了，或者这是坏鸟的诅咒。我在伊丽莎白王国里的某个地方，小鸟。飞走吧，叫人来帮我。这只遍体鳞伤的鼻涕虫正在努力前进——才走了这么远，大概自己都觉得可怜吧。我已经活了八十岁——也许现在还没到，也许已经到了；生日也许还没到，也许已经过了。我不想死在这山沟里。还有，我发臭了。

嗯，这里只有我一个人，虽然我不愿意，但还是发臭了。我尿湿了裤子，很不舒服，而且这真是奇耻大辱。但我能有什么办法呢？

*“拉匝禄现在必是臭了。”*我和艾丽对着对方读道。

童年时的一个夏天，我们去弗雷德姨妈家。姨夫大声念着：

无论你在哪里

让你的风自由地吹[①]

弗雷德姨妈站在厨房餐桌前，回头看了看，用她带着浓重鼻音的声音说："不要问他最后两句。不管他跟你说了什么，回家前都忘掉。"

弗雷德姨夫和她一起，大声笑了起来："哈哈哈哈。"不过我和艾丽还是想知道。是有什么忌讳吗？只要是和忌讳有关的事，都能激起我们的兴趣。没人告诉我们什么是不能说的。"不能说。"弗雷德姨夫说着，装出愁眉苦脸的样子。在我们家，谈论人的身体功能是不对的，不过在弗雷德姨夫家，这个是可以的。我已经从外祖父的医学书里知道人体内究竟发生了什么，但那些变化和现实的家庭生活无关。到了外面，我们按着表弟，要他们告诉我们最后两句是什么，但姨妈和姨夫早就警告过他们不要多嘴。

现在我臭了，只能如此。

菲尔有次对我说，素昧平生的陌生人会走到她面前，汇报自己的大便习惯。我当然不会相信，直到有一次我开车到养老院接她去商场。那是夏天里很热的一天，我们正在停车场里，菲尔推着她的助行器往出口走。一个男人拦住我们，问菲尔最近的厕所在哪儿——没有问我。"我们是外地来的，"他说，"我老婆在车上，想上大号。"他对着菲尔耸了耸肩，似乎他俩有什么默契，然后又加了句："人有三急。"

我想，这样的事情不用说得这么详细，不过菲尔好像很淡定，告诉他厕所在商场那头。她已经见怪不怪了。"和我们这个年

① 原文是"Wherever you may be, let your wind blow free"，是和"放屁"有关的隐晦说法。

龄的人待在一起，不要两分钟就会有人说这事。”菲尔说，“你们这个年龄，也差不多。”不过，她从来不会和别人说自己要上大号，这很符合她的身份——爱德华时代的人。

我又前进了一些，小乌鸦，可能你没注意。不过我感觉胸口很闷，很慌。我开始理解哈利忍受过的那种痛苦——他一直忍受到死。有时我觉得他是想惩罚我，因为垂死的人是他，而不是我。不过这个说来话又长了。

拉匝禄重生后，学会了什么？还是什么都没学会？学习是非同以往的行为，但我们怎么样才能每次都明白呢？这几十年来，我学到了什么？还是一直在原地踏步，在遇到困难的时候，用被子蒙住头？

绝不能总盘算自己伤心时的样子，我在等待。

等待什么？等待谁？

等待哈利冒出来，抽出我的枕头吗？

还是等待戈多？

那两个流浪汉，他们坐在舞台上，哪儿也没去。尽管这样，我还是笑了。看那出戏的时候，我确实笑了。我一边乐，一边留意着其他来看戏的人。那出戏是凯斯选的，我想确认观众的反应不会让凯斯失望。

女王的午餐会上应该满是欢声笑语。王宫的洗手间里有纯金的水龙头吗？我永远没法知道了。我也永远没法知道莉莉贝特为我们的生日选了什么红酒，没法知道装菜的盘子是不是纯银的，没法知道牛肉有多嫩了。我多想坐在其中一张桌子前啊。那天一大早，一定有男仆穿着特制的拖鞋，踏着台阶上来，把准备迎接来宾的桌子擦得一尘不染。

也许摆在那里的是些圆桌，每张桌子上的人数都一样。我缺席了，有张桌子要少个人了。会有人报告女王吗？菲利普会不会俯身靠近莉莉贝特的肩膀，轻声提醒她少了一个人？

不知道他们怎么才能找到我。

眼 眶

38

曾经有很长一段时间，我没有笑，我笑不出来。等我终于能笑出来了，笑容背后也满含忧伤。

哈利开始谈到“死”，是在他的病情变得明显的几个月之前。哈利站在后门口，身后的落叶在空中盘旋，他对我说，他梦到一面着了火的钟。哈利扭过头去。“是个好梦，”他说，“钟被火焰吞没了，我感觉很高兴。火焰真是充满能量。”哈利盯着我们厨房里的钟，似乎巴望着它在我们眼皮底下冒出烟来。

哈利应该对我说过，他开始疼了。我听了吗？凯斯呢？那时她已经从家里搬出去很多年了，而且她不太注意这些日常琐事。

哈利去找了个医生。他原来的医生死了，他也很多年没有检查过身体了。哈利很不喜欢医学专业人士，但这怎么能怪他呢？镇上开了家新诊所——在城北林荫大道的尽头。一个礼拜六，我们买杂物回来的时候，哈利开车绕了个圈子，假装顺路，拐进了林荫大道。他停车下去，走进诊所，我在车里等着。哈利似乎在看门口的牌子。他回到车里后，拿出一张纸，写着什么。我问他是不是在找文身店，他回答我说，管好你自己就行了。我是在开玩笑，但自从他梦到那面钟之后，我们之间就变成了这样。只要和哈利的疼痛有关系，谈论任何事情都会变成这样。没有高兴的情绪在里面。

哈利记下了医生的名字：哈考特·雷亚博士。哈利不相信这种头衔，他甚至老顽固到不愿意女医生给自己看病。那天哈利在雷亚医生那里预约，后来去检查了身体——这件事我后来才知道——哈利没有把自己的症状告诉新找的医生，雷亚医生也说他没什么问题。又过了一个月，哈利突然跪倒在厨房里。我打电话叫了救护车，后来在急诊室遇到了雷亚医生。我们握手之后，他说："如果他早一点告诉我他的症状就好了，维特利夫人。病史很重要，无比重要。他应该早点告诉我的。"雷亚把哈利转给了外科医生拉布，拉布当天就给哈利动了手术。

哈利的肠道已经完全性梗阻——他得了结肠癌。后来我问他，为什么不向医生汇报自己有什么症状，他说："如果哈考特·雷亚真像他墙上那些证书里说的那么厉害，不要我说，他自己就能诊断出来。"

手术后又过了几个礼拜，医生叫哈利回去复查。哈利问我愿不愿意陪他，这让我很吃惊，因为他之前做什么事情都是独来独往。我想可能是他太虚弱，不能开车，于是我开车送他下山。

那是十二月的第一个礼拜，之前下了整整一个礼拜的雪。暴风雪结束了，不过温度也降到了零下三十度，是宁静而寒冷的一天。天空像是被什么人撕了个口子——有人太需要希望，这么做是为了得到些阳光。镇上到处都是白色的，有购物的人，主街边的灯柱上装饰着一串串的花环。铲雪机铲掉了车道上大部分的积雪，早上我铲掉了贴近地面的一层。我拄着铲柄，心想：住在这里，铲雪还真是方便。我和哈利匆匆套上外套，把围巾绕在脖子上，冒着零度以下的气温跑了出去，好像我们已经这么做了一辈子。事实如此，我们学会了穿好衣服，留神脚底。无论到了多大年纪，我们都会出门，而且，只要还干得动，我们就会铲雪。艾丽的画里除了冬天，什么都没有，这一点都不奇怪。那一片白色永远留在我们脑子里，就像永久不会融化的白霜。

我和哈利到医院大楼的时候，一缕阳光正从云中的狭缝里射出来。几个礼拜以来，我第一次感到有了劲头。我开车绕过停车场边上的大雪堆，又沿着坡道下去，想到地下找个停车位。我不想把车停在外面，因为我怕哈利滑倒。我关掉引擎的时候，他看着我，好像我们正面临生死关头。哈利告诉我，拉布医生想谈谈他的检查结果和组织活检结果，包括肝脏活检结果。医生还会宣布哈利的预后。

哈利穿着厚外套，不过他瘦了，肩膀和袖子都明显空了。他一只手拿着拐杖——他还没出院的时候，我买给他的。我们坐电梯到了三楼。医生叫到哈利名字的时候，他居然要我陪他进去，这再一次让我感到惊讶。“听听医生的判决。”他说。他把医生的诊断叫作“判决”。

我们进去的时候，拉布医生正站在窗口，盯着外面的雪堆。他和哈利差不多高，不过比哈利年轻，五十几岁。他长着修长的双手、红褐色的头发，天生一副困乏的样子。我知道这种长相，我还知道，如果让艾丽给他画幅像，她会在拉布身后的雪堆上面添一个骷髅头、两根交叉的腿骨，她还会把雪堆的斜坡画成问号的形状。

拉布的嘴唇诡异地动了动，我想起了我的父亲——霍姆斯先生。我们握了手，拉布指了指两张靠在一起的椅子。

“我是来拿健康报告的。”哈利说着，坐了下来。他挤出一个笑容。

拉布没有对哈利笑。哈利的检查报告就在他面前。他很抱歉没有给我们带来好消息。他说，如果只有一叶肝脏受到影响，他还可以做手术切掉它。但哈利的情况比较糟糕，癌细胞已经扩散到整个肝脏。我控制不住自己，默默地念叨起来：*尾状叶*。我很多年没有想起肝脏的解剖结构了，但在最不愿想起的时候，记忆居然如此清晰，这让我非常惊讶。

癌细胞也转移到了哈利两边的肺上。他没有要求看胸片，虽然它们就卡在看片的灯箱上，被里面的灯光照得清清楚楚。哈利的表现近乎烂片中的表演，他迫不及待地问道："我还能活多久？"

拉布看起来比哈利还痛苦，他回答说："很难说啊，三个月吧，也许四个月。很抱歉。"他开了张止痛药的处方，递了过来。

我忍住不让眼泪掉下来。我看着哈利，那个绕过汽车引擎盖拿花给我的人。我看着曾经清瘦却健康的丈夫撑着扶手，吃力地站起来。哈利把处方揣进口袋里，把重心移到拐杖上，慢慢稳住消瘦、虚弱了的身体。他伸出右手，祝拉布医生安好，并表示感谢。我想，*他在感谢拉布医生告诉自己大限已近*。

如果不用守规则就好了。我很想看到哈利发狂、怒吼，扑进外面的雪堆里。但他当时还很理智。在拉布的办公室里，哈利微微躬身，转身离开了。我想抓紧他的手，永远不松开，但他的一只手要握拐杖，另一只手直挺挺地放在身边。

我们走到电梯口的时候，他斜身，又挺直，脚在地上蹭着。那一刻，我突然想到了在雪城酒店的那一幕，那时哈利把全身的重量都压在我身上。而这次，哈利左摇右晃，像在跳舞——软底鞋踢踏舞。不过，他拄着拐杖的样子，与其说是在跳舞，倒更像是摇摆动作，穿软底鞋的。

哈利脸上露出了熟悉的微笑，我甚至信以为真地认为他会一直这样。回到地下停车场时，我挽起他的胳膊，但他甩开我，径直向汽车走去，把我丢在后面。在三楼他还站得好好的，现在却不行了，两条腿打结了。这变化来得太快，我们都措手不及。不过哈利没有摔在水泥地上，他靠惯性小跑几步，然后倒下了，上半身重重地落在汽车引擎盖上。他趴在那里，头转向我，下巴靠在冰冷的金属上。他在笑自己——我明白，因为他原本是不需要我搀扶的。他站起来，让我不要过去。哈利在车旁踱了四五步，步子活像卓别林，拐杖在面前点来点去。他打开车门，瘫倒在副驾驶座上，浑身发抖。

我不想再节外生枝，但哈利想买拉布医生开的药，非要我停在药店门口。“让我先送你回家，”我说，“我再下来买，花不了多长时间的。”

但他非要马上买，吼叫道：“靠边！停这里！停！停！快他妈的停车！去给我买药，让他们快点！”

我不得不强压住怒火。不要生气，乔姬，他有权利生气。二十分钟前，医生告诉他，他的病已经无药可医。换成你，你也会生气。

我拿着药出来的时候，他透过挡风玻璃瞪着我。

要同情他，我对自己说，学着克制，哈利的时间不多了，不要和他较劲。

我刚发动汽车，他就喊了起来：“你想去哪儿？你想去哪儿？”

“回家。”

“左转，妈的！那样走才近。”

“我一直走这边回家的。”

哈利的嗓子哑了，“你为什么要这么对我？”然后他妥协了，“随便你吧，我没力气打你。”

他要打我。

我一直听着，他说到你为什么要这么对我时，声音已经哽咽了。他认输了，这让我很害怕。尽管他在尽量控制自己，他的让步还是让我感觉到：我们之间似乎多了道无形的墙。上山的路上，我们两个各自默默流泪。到家之后，哈利径自上楼去了。

那次和拉布医生见面之后，我们俩的关系就变成了这个样子。我们各自忍受着不同的折磨。

39

ZYX、WV

UTS、RQP

ONM、LKJ

IHG、FED

C——B——A

哦，往日生活中的片段压抑不住地从头脑中冒出来。字母歌倒着唱，有什么用？格林菲尔德小姐像着了魔，换着花样地教我们学字母——正着念，反着念，死记硬背，编成歌唱。她把那些古诗里的单词装进我们的小脑袋，是趁我们没注意的时候移植进去的吗？

不过感谢主，活在回忆里真好。身体摔坏了，现实中没什么乐趣可言。

看看我上面，那些树枝垂得好低啊。真是难以理解。上次看的时候，它们还伸向太阳。是我第一次落地的时候吗？我第一次掉下来的时候？

乔姬掉下来的时候。

我头昏眼花，反应迟钝。头疼得厉害。远处响起了钟声。我不记得自己哪天出的门，只记得礼拜三我应该出现在王宫里。哦，宽阔的楼梯，我再也没机会见到了。我也没法戴上利兹珍珠项链了，装项链的盒子塞在背包的一个兜里，现在我也不知道它在哪儿。

也许鸣钟是为了悼念我。也许他们知道我失踪了，但没人知道该去哪儿找我。

> 别心急，随她们去，等到她们玩够了，摇着尾巴回家里。[①]

有件事确切无疑：我可不是躺着等死。看我都前进了多远了！

坚持，乔姬。

是你吗，丹姥姥？我又听到你的声音了。

要抱着希望，要勇敢。推啊挖啊扒啊，舔羊毛开衫上的扣子，哪怕那上面一点潮气都没有，想着救赎、美好、信仰。

在日内瓦，我去过一家博物馆，莫奈、梵高、塞尚、雷诺阿的画都挂在同一个房间里。我不知道该从哪里看起。我站在那些画前，刚开始兴致高昂，随后有些郁闷，为艾丽不能和我一起欣赏那些美丽的画而痛心。

因为一直在自言自语，我的下巴麻木了。眼睛很干，感觉像

---

① 出自《鹅妈妈童谣》中的《小波比》，大意是小波比丢了一只小羊。

有小木棒戳在里面。

我需要发火，需要一个坏人榜单——救援人员过来之前，可以用来打发时间。自从会见拉布医生的“末日之行”之后，哈利就排到了这个榜单的头几名。我们回到家，他就去了客房——下午的阳光洒满房间。他坐在为客人收拾好的床上，背靠着墙，开始看报纸、杂志，抓到什么看什么。他走出房间的时候，我明白了——他很脆弱。我小心翼翼，生怕他像个鸡蛋一样碎掉。他晚上还睡在我们床上，我躺在他身边，忧心忡忡，直到早上起床还是心神不宁。我出去转了一大圈，靠着山边走，因为雪堆得太高，只剩下了一条车道。我不怕滑倒，只想从家里出来。我一边走，一边想我和哈利之间到底出了什么问题。哈利躲进了掩体，他一个人躲了起来。

好几天，哈利都不理我，只呆呆地看着窗外。吃饭时间他也坐在餐桌前，但几乎没吃什么东西。他疼，但是不说。他只提到过一次，那次他告诉我，身上的疼痛让他想到着了火的钟。我拼命回忆，终于想起他说的是以前那个梦。现在再想想他说起那个梦时的感受，我们当时肯定没能体会。我早上站在淋浴喷头下，有时会肆无忌惮地哭一场。我没法靠近哈利，他不许我这么做。

凯斯给了我力量。我感谢过我的女儿吗？她没有坐视不理。她知道哈利变得很古怪，但还是一有机会就和赖斯一起上山。他俩帮我准备圣诞节，我也不用把所有心思都放在哈利身上了。平安夜，戈多从新不伦瑞克过来了，韦尔纳和“啊喔曼”也要在那天过来。他们想和哈利一起过圣诞节。我们都没提——这可能是哈利的最后一个圣诞节了。

我们决定让房间里亮堂些，每个房间都用了红色装饰。凯斯坐在我对面，把小红莓串成串。我想起她小时候的样子——布置背景，排练演出，她是这方面的天才，那么有创意，有激情。我们一起把丝带挂到门道上，烫平丝绒台布，铺在桌面上。凯斯拖进来一些绿色的树枝，和小时候拖进家里的“森林”背景一样。我很想问她，她想对父亲说的话，是否都已经说过了，但我没问。我知道，霍姆斯先生从没给过我和艾丽的，凯斯从哈利这里都得到了。外面，雪已经积得比窗台还高了。我们装扮屋子的那几天，哈利变得更瘦了，但他很高兴凯斯在自己眼前。他坐着，看我们做事。家里面貌一新，哈利也高兴起来了。

圣诞节前一天，韦尔纳来到家里，带着一个绿色的纸篮子，里面装着她和阿尔曼秋天做的手工艺品。其中有喷漆的松果、红白条纹的石头，还有阿尔曼在厨房的木炉边雕刻的开瓶器，精瘦的圣诞老人造型，看起来有磨砂的感觉，涂成红颜色。他已经不做旅行商了，成了韦尔纳的合伙人。他们这么亲密，真让我嫉妒。

那个纸篮子是韦尔纳用杂货购物袋裁成的纸条和绿色皱纹纸编成的。她把纸篮子挂在圣诞树下面——现在里面的工艺品都没了。她一定看到了我的表情，慢吞吞地说：“这个篮子给你放卫生间里用，乔姬。能用上的，里面能放好几卷卫生纸。”阿尔曼站在她身后，点点头，表示同意。

戈多开了两天车，冒着暴风雪，从新不伦瑞克赶过来。这让我有点难过，因为他的年龄很大了。但戈多告诉我，他不想坐飞机，坐飞机会让他反胃。说着说着，他好像想起了以前坐飞机时的感觉，从口袋里掏出一粒钙片，丢进了嘴里。

家人都围在身边，哈利很高兴。我也很高兴。

圣诞节早上，凯斯和赖斯没有上山。他们中午要去养老院接菲尔和她的伴儿——特尔·罗尼，然后带他们过来。养老院的住客们也受到很多关注，所以菲尔一大早在养老院就开始过节了。他们做了圣公会弥撒，互送了礼物，每层楼都有人唱颂歌，有乐师演奏小夜曲，赖斯也在其中。过节前一个礼拜，赖斯还在那儿开了演奏会，我和凯斯都参加了。

我和哈利起了床，走下楼去。我煮了咖啡。然后戈多下来了，我们三个人端着杯子坐在客厅里。外面风很大，吹动了屋顶上的瓦片。我们在家里，很暖和，而且，一家人在一起。虽然不安全，但是我们在一起。

韦尔纳和阿尔曼裹着浴袍下了楼，来到客厅。他们祝大家圣诞快乐，然后放了张唱片在一直没坏的旧音响里，随着《听啊，天使高声唱》跳起了华尔兹，然后是一曲《真挚来临》。我和哈利坐在沙发上看着。虽然我俩一直睡在同一张床上，但几个礼拜来我们还是第一次靠得这么近。我靠近哈利，他的体温马上传了过来，如同来自某个瞬间的伤感回忆。

《真挚来临》终了，就像事先约好了似的，阿尔曼走向自己喜欢的椅子，坐了下来，留韦尔纳一个人站着。韦尔纳在黑胶唱片堆里扒了扒，选中一张，走到大沙发旁边，把哈利拉了起来。哈利的手搂着韦尔纳的腰，韦尔纳的手搭在哈利肩膀上。姐弟两人分离了大半个世纪后，又在人生的后半段重聚。现在他们静静地站着，等着音乐响起。

第一个和弦响起，他们随着节奏跳了起来。韦尔纳挑选的曲子是《求主同住》——哈利最喜欢的赞美诗，她把它当作送给弟弟的礼物。哈利的眼睛闪亮，近乎狂热。他的脸颊干瘪，脖子很细，肩膀塌了下来。哈利比韦尔纳高，但还没有她一半胖。哈利跳舞的时候一瘸一拐。

三个月后，哈利死了。

40

为什么我没有怒吼，没有咆哮，没有对哈利大发雷霆？

因为那些我们曾经拥有过的。我试着留住那些东西，就像在熄灭的火堆里留下一点火星。我们的确有过美好的回忆。

哈利死在医院丹福思大楼的三楼。这栋楼叫这个名字，是为了纪念我的外祖父，他现在被公认为维纳河镇的医学先驱之一。

哈利临终时说了什么？凯斯从没问过我——像有次我和艾丽向菲尔问起霍姆斯先生的遗言那样。事实上，我根本不知道哈利有没有临终遗言，有没有对护士说什么，或是自言自语了什么。因为他死的时候，我不在病房。

那天夜里快一点钟的时候，哈利好像睡着了。我受够了隔板、墙壁和消毒水的味道，就下了楼，想在大门外面透透气。三月，正是早春。白天还刮了阵大风，不过到了夜里就只有柔柔的微风了。我没穿外套，只穿着我的奥地利开衫，站在外面矮檐下的避风处，双臂抱在胸前。我看着急诊室——医院里灯光最明亮的地方，一辆救护车静静地停下，没有按喇叭，也没有人推病人出来。

两个年轻人下来，我认出了他们。几个月前哈利准备住院做手术，我打电话后，医院派来的就是这两个人。一九四七年，我们的“脊髓灰质炎蜜月”后不久，哈利从那扇门被推进了急诊室。现在这两个人还是从那扇门走了进去。

我靠在大楼的砖墙上。整个镇子静悄悄的，天空异常地晴朗。星星似乎缩紧了身子，看起来小了些。地上还有雪，不过是春天才落下的。白天我看那些雪像是要化了，满是洞眼的雪堆正在渐渐缩小。粗大的冰柱从屋檐上垂下来，白天融化聚成了水洼，到了夜里又结成了脏兮兮的冰。我很想知道这种日子还会持续多久，但我没法形容“这种日子”，也不能说我是在等待，我不是在等哈利死。但除了每天去医院陪着他，我似乎也没什么可做的了。

结果，在我坐电梯回三楼时，哈利咽了气。医院记录的死亡时间是凌晨一点二十五分。一个夜班护士站在大厅里，看着我走出电梯。“我要和您谈谈。”她说，不过她没说谈什么。她把我带到哈利的病房，手放在我肩膀上，对我说我的丈夫走了。她没有用死这个字眼。

我不知道哈利死之前有没有说什么，但我清清楚楚地记得两个小时前我们最后一次谈话时，他的每一个姿势。我从没和任何人说起这个。没有潮式呼吸，没有死前喘鸣，没有临终告别，没有外祖父那样的浪漫宣言——外祖父被炸成碎片前，传出了这样的信息：“告诉我的丹妮，她永远是我一生的挚爱。”

哈利死的前一天，我回家洗了澡，换了衣服，晚上十一点左右又回到医院。我往哈利的病房走时，他一定是听到了我的脚步声，才转过头面对房门。走进房间时，我听到自己在问：“你怎么样？”那声音听起来很遥远，像一个陌生人礼节性的询问，而这个陌生人根本没想听到回答。

哈利瞪着我。他背后垫着四个枕头，面容憔悴，一点不像我曾经认识的那个男人。我突然有种冲动，要冲到他床前，检查检查他的腕带，看看这个枯槁的男人到底是不是我丈夫。

他抬起胳膊，打开手掌，又让手落回床单上。他没有力气回答我。他扭头看着窗外，当作对我的惩罚。他的表情似乎在说：*你看不到我就要死了吗？还问？非要我说得那么明白吗？*

每当我回忆起那一刻，那个问题就会冒出来，我问了哈利一个根本不值得回答的问题。我冒犯了哈利，后来他一直很生气，直到死的那天，他还在生气。

我不该问那个问题。

那该问什么？我想说什么？

我想抚着哈利的脸颊说些事情，不管是大事还是小事。我想说："还记得我们的好时光吗，哈利？那么多年的好日子，你生病之前，你身上还没疼的时候。"我想说："两段不同的人生，你的和我的，融合成共同的人生，这不是件很了不起的事吗？"

但太晚了。说这些话也会惹他生气。哈利正走向死亡，正竭力让自己振作起来。竭尽全力，我明白。我还明白，我比以前更孤独了。还有哈利，他也孤独。

我早已不再生他的气了，但是不是也应该不再爱他了呢？

41

哈利火化之后，韦尔纳告诉过我，她第二任丈夫死的时候她有什么感受。当时我家厨房里就我和她两个人，她的表情像是在忏悔。已经是午夜，我们脱下了葬礼服，穿着晨袍。阿尔曼到楼上睡觉去了，戈多也是。哈利的哥哥姐姐都活得比他长。艾丽和特里克从佛罗里达飞来，在镇上，和特里克的亲戚待在一起。葬礼结束后，凯斯和赖斯开车把菲尔和特尔·罗尼送回养老院。特尔·罗尼和菲尔几乎形影不离，我能看出来，菲尔已经非常依赖罗尼了。我看到菲尔搀着罗尼的胳膊，罗尼俯身靠近菲尔，两个人一起走进车子。他们互相依靠着，俨然是共同度过了漫长人生的伴侣。

阿尔曼和韦尔纳开车去教堂，后备箱里带着几瓶伏特加。他们两个，还有戈多，陪我一起把哈利的棺材送到火葬场——这个只有死者家属才会跟着去的。之后，我们一起回到教堂大厅。我招呼前来吊唁的人时，阿尔曼和韦尔纳把伏特加拎了进去。戈多坐下了，看起来精疲力竭。阿尔曼脖子上用细皮绳挂着一个两英寸长的木头十字架，是他在自家后院里用枫木刻出来的。除了伏特加，阿尔曼还带了两瓶俄国香槟，不过一路颠簸之后，瓶口的软木塞早就弹开了，香槟也洒了。香槟酒瓶在箱子里站得好好的，不过酒只剩下了半瓶多一点。伏特加完好无损，在教堂大厅里被喝掉了。镇上的人从没见过葬礼还能这么办。

剩下的香槟还在汽车里。回家之后，阿尔曼拎了进来，拔出木塞。然后，我和韦尔纳坐在一起，喝光了那些香槟。葬礼和香槟让我们都麻木了。我们面对面坐在餐桌两边。

“乔姬，”韦尔纳说，喝过香槟，她的声音更低，更有俄国味了，“我结过三次婚，是因为我需要爱。有时候我坐在家里的餐桌前粘亮片，或者用皱纹纸条编东西，也会抬起头来，对着空气说：‘我爱你。’但是我能爱谁？如果眼前没这么一个人，我就得出去找个丈夫。”

韦尔纳看着我的脸，似乎在想接下来该怎么说。“我第二任丈夫和我……做爱的时候死了，乔姬。我没跟别人说过这事，但我发誓这是真的。他从没犯过心脏毛病，胸口都没疼过。他整天在外面帮人修剪树枝，但他可有激情了。你可不要告诉别人，不过，嗯，他在……那个时候死了，你知道的……就是……高潮的时候。开始我还不知道是怎么回事。我不得不把他从我身上推下来。‘天哪！’我喊了起来，‘怎么了！怎么了！’我不知道该怎么办，该给谁打电话。那样我就得告诉别人，他死的时候，我们正在办那事。这会传遍整个村子，成为所有人的笑柄。所以我没告诉任何人。我打电话叫了救护车，我在电话里说：‘我丈夫死在床上了。拜托你们过来吧。’”

她开始大笑，我也笑了，我们笑了足足有十分钟。我想起了丹姥姥，她在外祖父的葬礼上狂笑不止；我想起了家里的女人们，霍姆斯先生葬礼那天，我们坐在教堂第一排的椅子上歇斯底里。

韦尔纳隔着桌子伸过手来，攥住我的手，“不管怎么说，森林保住了。”她一边说，一边抽泣，这会儿我俩都哭了。“他一走近，那些树就发抖，乔姬。如果不是亲眼看见，我绝对不会相信。”

剪枝大师倒下了，不是被树枝砸倒，而是被激情击倒。这种死法，哈利应该会嫉妒。

韦尔纳也要上楼睡觉去了。她上去之前，用她的粗胳膊抱着我说：“要学着往前走，乔姬。试试看。”她的声音是那种很奇怪的沙哑的声音，和哈利一样。

看着她拖着肥硕的身体慢慢爬楼梯，我明白了：她和艾丽一样，也是我的姐妹。我想象着她孤独地坐在自家的厨房里，抬起头对着空气说“我爱你”，然后，她往前走了。我想起了菲尔——满嘴叼着别针，收着衣服边——她也在重写自己的历史。菲尔往前走了，现在她爱上了罗尼。我已经习惯了罗尼在她生活里出现，罗尼也成了我的家人。

天很晚了，但我知道自己睡不着。我站在厨房的窗前，盯着漆黑的外面，猜度着树的轮廓。我想起了哈利在家的最后几天。准备去医院接受临终护理前，他夜里醒来，发觉自己紧紧抓着床垫边。他浑身都是汗，连床单都湿透了，我们不得不起来换床单。

听到韦尔纳关上房间门，我走进客厅，踢掉拖鞋，躺倒在大沙发上，身上还穿着晨袍。香槟已经喝完了。我不想上楼躺在空荡荡的床上，于是把台灯的亮度调低，披上丹姥姥的披肩，盯着天花板出神。

我被困在汹涌的水流中间。哈利已经沉下去了，我不得不一个人划船上岸。我们用了若干礼拜、若干月的时间迎接死亡，但哈利真的死了，还是让人感到意外。这听起来似乎很没逻辑。

我告诉自己：哈利死了。

“哈利死了。”我喊了出来。

我想到哈利死的那晚三楼病房的值班护士。我单独和哈利的尸体待了几分钟之后，她带我到护士站外面的一间小屋子，留我一个人在里面打电话。那天下午凯斯一直在医院，然后从病房直接回剧院了。我知道她要到半夜才能到家，所以我第一个打电话给她，让她不要再来医院。凯斯说她会打电话给韦尔纳和戈多。他们以前说过，不管是白天还是夜里，哈利死了就要通知他们。还有菲尔，我决定早上再告诉她。值班医生走进哈利病房，写着什么。他们允许我进出病房。哈利仰面躺着，直到我离开医院，他才被送进太平间。

不过我随即就感觉到，护士想叫清洁工进来打扫房间、消毒病床，准备让下一个病人住进来。我能感觉到他们很着急。也许他们接到消息——新病人正在来医院的路上。我走过前台时，他们都闭口不说话了。我走进哈利的房间，握起他冰冷的手，塞到床单下面。我看着他的脸，有一刹那，我在哈利的右颧骨上发现了一道皱纹。我想象他这边的眼窝里有个放大镜——紧紧卡在眼眶里，似乎正关注着我看不到的什么细节。等我再看他的脸时，那皱纹消失了。我收拾好哈利的东西，又一次——也是最后一次——坐电梯下楼。我踱进三月的空气里，感觉自己像被人一脚踹进漆黑的夜里。

我躺在沙发上，想着所有那些人和物——急着迎接下一个病人的护士，哈利冰冷的手指，他消瘦苍白的身体，塞到他下巴下、胸口部位印着医院标志的床单。我想起楼上的韦尔纳和阿尔曼、住在他们隔壁的戈多，现在他们都睡着了。我想起丹姥姥，她一边回忆外祖父生前的某个时刻，一边读着《传道书》：“又如两人同眠，都感温暖；若孤独一人，怎能暖和？”

头脑里涌出无数画面，我试着去整理它们。哈利一动不动。他怎么会不动了呢？我从他手指上摘下结婚对戒，握在手心里。哈利躺在棺材里，我们在葬礼后去火葬场，吊唁的人在教堂大厅里喝着伏特加。哈利变成了骨灰。这些场景都凝住不动了。

他们会把骨灰盒给我吗？里面会有小块的骨头吗？随后那个礼拜，我和凯斯、赖斯去墓地安葬哈利的骨灰盒，只有我们三个人。把维特利家的包括在内，丹福思家的地块更大了。我们把哈利的骨灰葬在我们的宝宝马特旁边。

所有这些在我脑子里闪过，我知道，到了早上我会精疲力竭，那些静止的画面让我感到疲惫。

我听到屋外有什么声音，坐了起来。从房间里往外看，除了客厅里的家具，什么都看不到。我想：可能起风了，是风从树中间吹过的声音。突然，我刚才听到的声音又响了起来，很大声，但是很沉闷，而且杂乱无章。我听到翅膀扑动的声音，许多大翅膀扑动着，但没有飞走。我想到每天都飞来后院吃食的那对鸽子，但又想：这声音是成百上千只鸽子才能发出来的啊。怎么会有这么多鸽子？它们为什么在夜里扑打翅膀？

我想到了马特，我知道，那种声音不是鸽子发出来的，也不是其他任何鸟发出来的。哈利和儿子在一起吗？

你说我疯了？随你吧。我笔直地坐在沙发上，那一刻，整栋房子被拥抱着。我很快就感觉到了。我无比欣慰，不想这声音停下。但是它停下了，很突然。我又伤心又失望，又有种解脱的感觉，我知道，以后再也听不到那种声音了。

第二天早餐时，我和长相酷似哈利的韦尔纳、戈多坐在一起，还有满脸同情的阿尔曼——他坐在了桌子那头哈利的座位上。我一点没觉得他冒犯了我，反而觉得很欣慰。我问他们夜里有没有听到风声，他们都说没有。我没说夜里发生的事，我不知道该怎么说。

我想再听到那声音。美妙的、从四面八方传来的、翅膀扑动的声音。

是天使。

三

骨架

42

股骨，胫骨，腓骨。桡骨，尺骨。

我太需要水了。我必须要有水。我离汽车旁边的那团东西更近了。为什么我这么想哭？就算我哭死，也挤不出半滴眼泪。我的身体快干透了。

以前，我也曾失声痛哭，直到眼泪哭干。哈利死后的几个月里，我只和一个人说过话——一个卖胡萝卜的男人。凯斯和赖斯有时间就来陪我；我去凯斯的剧院看戏；晚上有演出的时候，我甚至志愿做引座员。看起来我似乎很正常，但我只和卖胡萝卜的男人说过话。我去礼拜六的早市，近乎徒劳地想靠这个唤醒意志力。夏天已经来了，我对自己说，要到外面去，呼吸新鲜空气，看看周围的世界，不能再不开伙了。我站在厨房中间，拿着金枪鱼罐头和叉子，这么警告自己。我盯着窗外的野樱树，嘴里索然寡味。有时候，一块抹了果酱的饼干就能当我的一顿饭。

我该做什么？我和一个男人同床共枕五十多年。现在他没了，我第一次感到孤独。真的很孤独。我已经习惯了每天从隔壁房间传来咳嗽声，习惯了每一次调整心情，习惯了他的每一个异常举动。他病的那几个月很艰难，但我陪着他，熬过了苦痛的每一天。在哈利动手术很久以前，我和他的生命就已经拴在了一起。

我开车到山下镇里，在市场的摊位前走过。我低着头，不想和认识的任何人说话。我确实遇到了熟人，不过他们打招呼的时候，我只是点点头，他们也就不再理我了。我在一个卖胡萝卜的摊位前停了下来，因为尽管摊前有人排队，那个摊主——一个身材瘦小、臂膀结实的老人，还是抛开其他人，对着我一个人介绍起他的产品。几十把胡萝卜整齐地码在折叠桌上。摊主对我说起种胡萝卜需要多少水分；他怎么挑选、定价和分类；如果我一次买两把，怎么能节省一块钱；他怎么在秋天挖个地洞，把胡萝卜装进麻袋里埋起来过冬。他说话时很柔和，一点也不着急。我在他摊子前消磨时间，是因为他是陌生人，对我一无所知。

在那里，我能听到多少关于胡萝卜的新鲜事呢？接下来的那些礼拜六，他又跟我说了些别的：为了早点出摊，那天早晨他几点起床；他种菜卖菜已经有多少年了；胡萝卜装袋之前他要洗多少遍——三遍。我快相信自己的皮肤会变成橘黄色了。胡萝卜有益于视杆细胞还是视锥细胞？还是对两种都有益？我们都想不起来。摊主告诉我，他是个鳏夫。他在可怜我？我抓着购物布袋的模样暴露了我心里的绝望？如果我问他，他可能会告诉我，我浑身上下都散发出悲伤的气息。至于他，他的未来全寄托在胡萝卜上，他的指甲缝里全是泥垢。他述说着孤独——我的、他的。我从没问过他的名字。我回到山上，想要逃跑。但我要躲避什么呢？谁在阻止我呢？我又能跑到哪儿去呢？我不知道该怎么计划逃跑的细节。忽然间，我想起菲尔曾经从养老院逃跑过。我很好奇她怎么能逃得掉，或者说，她怎么没被人抓回去。住进养老院两年后，秋季里温暖的一天，菲尔不辞而别了。她从柜子里拿出大衣，套在身上，推着助行器，从侧门出了养老院。其他住客，包括特尔·罗尼，都在午睡。菲尔走了出去。

后来是菲尔自己把这些片段拼凑成了完整的故事。尽管她年事已高，但离开养老院的力气还是有的。直到现在，她还有这个能力。等我不再担心的时候，我明白了她为什么要离开。我佩服她能作出这样的决定，也惊叹她居然能走那么远。

她离开养老院，是因为《维纳河时报》有天早晨刊登了一则发生在德国养老院的新闻。那个养老院为了让老人娱乐消遣，带一只熊进去表演节目。他们本打算让那只熊表演坐在长凳上吃水果，可惜它坐到一个九十岁的老夫人的膝盖上，把她压死了。

菲尔在公共休息室看到了这篇报道，她把膝盖上的报纸揉成一团，大笑起来，停都停不下来。笑到最后，她哭了，我们家的女人难过的时候都是这样。然后，她开始计划逃离养老院。

菲尔在绕圈子。她不糊涂，她每天都推着助行器出来。离养老院三个街区外有一条新月形街道，住在那里的女人透过她家厨房的窗户看到菲尔经过两次。菲尔走错了路，已经绕了两个圈。几个小时后，养老院走丢了一个老人的消息传出来，那个女人报了警。

第三次经过那条新月形街道时，菲尔发现了一个出口，通向出镇的公路。她认出那条公路正是以前的维纳河路。这时，她已经累了，泄气了。她一屁股坐在助行器上。镇里工程部门的两个年轻人开着平板卡车路过，车厢里乱七八糟地堆着耙子和园艺工具。司机停下车，转过身，问菲尔是不是迷路了。她高兴了，对那个年轻人说，她刚才出来散步，不过走得太远了，现在想回家。她还告诉年轻人自己家在什么方向。两个年轻人很高兴能停下车歇一歇。他们把菲尔举到车厢上，把助行器挂在旁边，用绳子扎紧，嘱咐菲尔抓紧车厢边上的链条。为了不让菲尔从车上颠下来，他们开得很慢。

后来，菲尔对我说："你肯定想不到我坐在后面晃着腿有多好玩。"她摇头晃脑，模仿她在车厢上的样子给我看。"可惜那条旧公路整个都变了。不过，秋天的颜色还真是漂亮。我看到天鹅在头上飞，一排排的。我歪着头看它们排成的人字形飘在天上，真好看。"

卡车开了两英里之后，菲尔说自己到家了，两个年轻人就把她放了下来。"我没骗他们，"她说，"丹福思祖屋一个世纪以来都是我的家。"

"你真是跑得够远，夫人。"司机放下菲尔的时候说道，"好在我们发现你了。也许下次你不该跑这么远。"

菲尔谢过两个年轻人，把助行器放好，坐了下来，似乎要让年轻人明白：她要晒会儿太阳，在自家门口。

养老院的人开始找菲尔，工程部的小伙子也从广播里听到了老年人走失的新闻，他们打电话报了警。菲尔被救护车接走，送回了养老院。她瘫倒在床上。直到那时，她才开始讲述自己的冒险经历。养老院的人给我打电话，说菲尔已经安全了。我去了养老院，坐在她床前，等她美美地睡了一觉后醒来。她讲起这次逃跑事件的时候，我明白了：她密谋了很久。她想到了每一个细节，除了没想到怎么才能到祖屋，又怎么回养老院。那个狗熊压死老妇人的新闻，使菲尔终于下定决心，离开养老院。

菲尔到祖屋的时候，本来没指望那里能空着，不过房子里确实没有人，菲尔很高兴。她看着眼前的祖屋，努力和记忆里的细节对应起来。矮石墙上新开了门，从这扇新门到后院门之间的地上，间断地铺了些方形的水泥块，连成一条走道。菲尔把助行器推进后院，从枯草上碾过去，跌跌撞撞地迈过水泥块。她发现了一个碎石片，应该是从我们的夏日厨房上掉下来的。祖屋被新主人重新装修过，房子显得没以前大了。丹姥姥的马车轮花圃还在那儿，不过玫瑰花都没了。才过了没多久，为什么祖屋已经面目全非？院子里杂草丛生，植被凌乱，菲尔很生气。她推着助行器，转了一圈又一圈，想记起以前的鸡舍在什么位置。菲尔想起了自己的父亲，他把那辆曾带给自己太多乐趣的T型车停进倾斜的车棚，到前线去了，再也没有回来。菲尔想起了莫特，我和艾丽还是孩子的时候，他把牛奶和奶油放在我家后门口。接着，菲尔想起了莫特用来喂猪的脱脂牛奶，养老院供应的也是这种牛奶，菲尔不肯喝。往事随风，她无处挽留。

菲尔坐到干草上，脱了鞋子，躺在地上睡着了。房主回来后，发现她正蜷缩在老石墙旁，那么安详，不忍心叫醒她。菲尔失踪三个小时后，警察第三次接到了电话。不过那时，他们已经在路上了。

43

唉，我压根没想跑。虽然很想动，但骨头不听使唤。胳膊和腿上的肌肉抽搐着，好像被绑紧了，打了结。我想有人帮我治好骨折！我想有人帮我把骨头复位！我脸上一定满是伤痕和淤肿。没有什么比切身的疼痛更能让人心无旁骛了。虽然不得不承认，我已经有些意识恍惚，时睡时醒。我把存折留在桌子上了吗？那个无名女士的照片还在吗？该死的奶酪，要烂在冰箱里了！

我又听到了钟声。我可能站不起来了，也可能控制不了自己的命运，但我的听力绝对没问题。

> 不要问丧钟为谁而鸣……①

抱怨毫无意义。这个，我教过凯斯吗？

如果丧钟不是为我敲响，或许我不该这么介意。总感觉不对

---

① 出自17世纪英国玄学派诗人约翰·多恩的诗歌《没有人是一座孤岛》，下一句是“它就是为你敲响”。

劲，虽然我不确定到底是哪里不对劲。

看在天主的分上，乔姬。想想你刚说的话。

嗯，也许我不会。虽然我没法选地方，但我能选时间。

我变成一个胡言乱语的女人了。

也许那个胡言乱语的女人一直就在你身体里。

也许吧。也许我已经死了。我很累，皮肤麻木，胸口很闷。我感觉不到自己的脚。我想起了自己的二尖瓣——在断断续续的梦里，我看到了自己的心脏。它躺在荒芜菜园里的一堆胡萝卜上。我醒来时，发现自己还好好地待在臭皮囊里，失落了好一阵子。

谁做梦看到自己的二尖瓣？

那个看着《格氏解剖学》长大的人，就是她。

那只乌鸦大摇大摆地走过来走过去，毫不在意我的存在。它从我头顶飞过，我斜眼看着它，它就用漂亮的黑眸子盯着我的脸。

我又听到了噼噼啪啪的声音，这次响声就在附近。

过来啊，拜托。有人吗？

那就别过来了。

如果你不想现身，就滚开吧！

天主啊，对着我走过来的是什么啊？莉莉贝特会不会对着什么动物说“滚开”？她不会那么做，她养着那么多柯基犬和道吉犬，每只都长着狐狸一样的漂亮小脑袋。但莉莉贝特也有自己的烦心事。她的多灾之年在十几年前。想想因戴安娜而起的那些风波吧。温莎城堡失火时，看着莉莉贝特那些价值连城的画被人救出来，我为她感到难过。她满脸严肃，穿着靴子在一片混乱中踱来踱去，像是刚从乡下的谷仓里出来。

不过，不知道为什么，我从没见过莉莉贝特大声嚷嚷。她会不会骂人？会不会对菲利普、查尔斯，或是卡米拉吼？戴安娜出车祸前，她会对戴安娜吼吗？

我的多灾之年比莉莉贝特的早得多，在我成年后一直阴魂不散。倒霉事层出不穷，就像一段回忆总会勾起另一段更早的回忆。

动着的东西消失了，但我希望它回来。我的要求也只有这么多了。我不是说那只乌鸦，它在我头上拍打着翅膀，还是孤零零的一只。

有天早上做填字游戏时，我想查个单词。我翻开《牛津字典》，那一页的上面角落里印着两个粗体字：bugger off。我还以为这个词只有“滚开”的意思。我看了看下面的解释，它还有“一点都不”的意思。哈利失散又重聚的哥哥戈多站在窗前，看着外面的野樱树的时候，经常会说：“Sweet bugger all（一点儿都不甜）！”

戈多还活着，哈利死了，我独自一个人，就是这样。

一点儿都不甜！

44

看看我在哪儿。我应该振作，但我现在唯一能做到的只有——疲惫不堪。我还在野地里。我看着上面的栏杆和层层叠叠的岩石边缘——黑色的尖角，像雪鹅的翅膀。我看到折断的树头朝下挂着，还看到老藤垂下来，在空中摇荡。从栏杆那里往这边看一眼，就能看见我。也许皮特遛他的黄狗时，会从这条路下来吧。

哈利路亚！

如果有人听到我的祷告，请把这寒风带走吧，寒风已经贴着地面刮起来了。把它带走，在我还算清醒的时候。风吹进我左边的耳朵，在我头脑里尖叫。这真是很讨厌，比胳膊疼腿疼还讨厌。

你是否垂耳倾听？
他们是否摇摆不定？①

弗雷德姨夫唱给他的儿子听，也唱给我和艾丽听。他还唱给

① 出自《你是否垂耳倾听》——《鹅妈妈童谣》中的一首。

弗雷德姨妈听。弗雷德姨夫拿自己开玩笑，他从来不摆架子。

有些东西徘徊在记忆边缘，让人心烦意乱。那些是我无法彻底放下的东西。脑子里很乱，我一定要把我知道的说出来。我一定要想着凯斯。如果我还有机会把我所知道的告诉她，该有多好！

她正在书写自己的故事。她有自己的生活。

我仍然认识那些骨头。我天生应该长寿。丹姥姥活到九十五岁，直到现在，所有认识她的人还在为她的死感到难过。弗雷德姨妈活到九十一岁，虽然她老了以后还得了洗手强迫症。你甚至会怀疑她会不会把自己洗没了。到十月，菲尔就一百零四岁了。她会尽量向前看，而不是想着过去吗？

今年我要在养老院为她庆生，或者，只要她和特尔·罗尼愿意，在任何地方都可以。也许我和凯斯会带她回家，看些马里奥·兰扎的老电影，或者带她去剧院，又或者是高档饭店。不管哪里，只要她想去，我们都会带她去。我们可以向养老院借副轮椅，我扶她坐上去，然后她指向哪儿，我就推她去哪儿。秋天要到了，树叶将变成火一般的颜色，高大的枫树要披上红色的外套。我们要看着那绚丽的景致，一起赞叹，为不请自来的美景而感恩。

再到秋天，我不得不雇人清扫屋檐上的落叶了。哈利没死的时候，这个活儿都是他干的。每到十月，哈利一边爬下梯子，一边宣布："排水沟都搞干净了。"哈利戴着手指宽宽扁扁的园艺手套，脸颊粗糙、通红。我在家用五金店买了那副手套，这样他的手就不会被生了锈的金属划到了。

清扫屋檐，收获禾捆，在同一个季节。

我们实在欢喜，

禾捆收回家。[1]

我只能发出一丝丝沙哑的声音，要唱出来该有多难!也许我正在心里默默地唱。

韦尔纳和阿尔曼也跟着这首赞美诗跳过舞，他们即兴跳了一支狐步舞。现在，我面前有片落叶，圆润的轮廓盘旋而下。去年的老叶终会被新叶替代，虽然那新叶还只是嫩芽。

韦尔纳告诉我，“啊喔曼”不再当旅行商以后，晚上就坐在她对面，念着：“我要到你头脑里去了，韦尔纳。我在进入你的思想。给我留点空。”仿佛他还坐在驾驶室里，正穿过他们家的客厅。

韦尔纳在电话那头，像个小姑娘似的笑了起来，我也跟着笑了。我想念她巨大的身躯，想念她肥硕的身体满满地坐在我家餐椅上，想念她的宽容，想念她讲话时的俄国腔。所有这些，都让人感到安慰。等我从峡谷里出去，我就打电话给她，邀请她和阿尔曼过来，陪我住一段时间。我有好几个月没见到他们了。

艾丽也让我开心。她希望我去博卡拉顿。我亲爱的姐姐，她总是邀请我去，被人挂念着的感觉真好。也许我真的应该去，担负起我在大宅里的责任，抖干净亚麻桌布，摆上丹姥姥精致的旧银器。

---

① 出自赞美诗《禾捆收回家》。

45

我刚才睡着了？感觉一边的身体沉重了好多。

我想知道，向前挪动的时候，我的身体有没有留下什么痕迹，就像船入水后会留下尾流。

你有很多机会留下痕迹。

我不想被人跟着。我不想留下痕迹。挪动的时候，我总是在地上压出沟来，我尽量不让自己陷在里面。

你想改变自己的人生？

我的四肢都肿了，一动就疼，顾不得想这个问题。马特死后，我呆坐在餐桌旁。又隔了若干年，哈利死后，我还是呆坐在餐桌旁。我不敢去想我呆坐了多少个小时，多少天。我那么做，是因为悲伤，无处逃避的悲伤，像钢箭刺进我的心里，折磨着我。那钢箭，却再也拔不出来了。

我确实呆呆地坐着，没错，不过我的生活并不只是呆坐着。哈利死后，我一直在想：为什么我总是一事无成？这个念头挥之不去，如鲠在喉。哈利是个珠宝匠，他很出色，每个人都这么说。凯斯有家剧院，她掌控着自己的生活，我真为她骄傲。赖斯是个乐师，他给了我女儿幸福，因为这个，我喜爱他。艾丽是个画家，她有家叫“雪”的画廊。特里克照看着大宅。菲尔是个裁缝。丹姥姥是助产士。莉莉贝特成了女王。教皇也有工作，不过他登基还没多久。韦尔纳和阿尔曼会一直经营他们的工艺品店，直到他们倒下。只有戈多，他老是站在窗口，盯着外面。即便如此，他还做过绘图员，虽然已经退休了。

而我呢？我作出过什么贡献？我的人生有什么价值？我也会问自己。我学到了什么？

我认得那些骨头，我热爱诗歌——记忆力一直是我的强项。我做过图书管理员。我画过肺和上腔静脉，那肺比一般人画得都好，上腔静脉更是杰作。那是幅没有寄出去的画。我为家庭聚会准备棋盘三明治。我是菲尔和霍姆斯先生的女儿，是丹姥姥和我没见过面的外祖父的外孙女，我还是哈利的妻子、凯斯的母亲，也是短命的孩子小马特的母亲。

抚养一个孩子。那是个很好的职业，很有意义。

那失去一个孩子呢？我是不是把他裹得太紧了？毛毯捂住了他的脸？哦，我永远忘不掉。我眼前总会出现他冰凉的小身体，毫发毕现。

已经发生的事情，没法再挽回。

我摔了玻璃叶子树。我把它扔到墙上，很高兴它从我手里飞出去。

但你养大了凯斯。看看，她变成了多么开朗、多么富有同情心的女人。你把她培养得很好。

那么，为什么当我试着回忆那段时间——我照顾她的那段时间时，那些年月都变得如此模糊？所有事情全缠在一起，我分辨不出哪件是哪件。

也许，那些年正是你最忙的时候。你觉得呢？

我不这么想。但我爱那些年月。每次回想起来，我就感觉心里有太多太多的喜悦，太多太多的忧伤。喜悦，是因为那些年月我经历过。忧伤，是因为那些年月已经一去不复返。

我有权利活下去，不是吗？我不配吗？我尽量珍惜时间。我该怎么做？

我做了美味的烤土豆。

不要压抑自己，乔姬。想想那些靠吃土豆活着的人。

也许我不够坚决。也许我不该做这份养孩子的工作。想想莉莉贝特，她的父亲乔治六世退位、去世后，现成的工作就在那里等着她。她被丢进了竞技场，不管她想不想要这份工作。但那是一份现成的工作，不需要她作决定。

你本来可以做个医生，像你的外祖父丹福思那样。

不要取笑我了，我们家可没钱供我读医学院。我遇到哈利，嫁给了他。那时候，做个妻子也算是一份工作，和其他工作一样。等有了凯斯和马特，这份工作忽然变得更重了，也变得更重要了。但这份工作到底是什么？我一定要说一说。

我教凯斯热爱语言。我哼唱童谣。我唱歌，教她说话，鼓励她走路、尝试和跑。我要给凯斯洗尿布、缝衣服，给哈利浆衣服的领子和袖子，还要叠茶巾，做周日烤肉，烤奶酪饼干，晾凉千层酥，参加学校音乐会。这些事，总要有人做。

哦，不说了。我有我自己的故事。我就是我。

我必须舒展身体，必须睡一会。我脑子糊涂了。我梦到自己伸出手，摸到了什么软软的东西。我正在丧失理智。没条理女士。一头无名怪兽闯进我的梦里，开始蹂躏我所在的空间。

书架被撞翻了。树掉下来，玻璃叶子和金属丝树干躺在地板上。没人能阻止无名怪兽。

我看着乌鸦漆黑的眸子。

死神，你在侵袭我。如果我还有一点点精力，我就会对你说：举起手来！

身体马上就放弃抵抗了吗？这一切来得这么快？也许我确实不在乎。我从没觉得自己老了，但我的关节僵硬了，骨头老化了。我摸到了什么？橙色的纸，已经褪了色，受了潮，缩到一起，像什么腐烂了的东西。不过我能把它拖过来。我摸到了那包东西——车门掉下来时，从车里滚出来的袋子。凯斯送给我的礼物。她上山和我告别的时候，放在副驾驶座上的。我能用那只没受伤的手拽开那些纸，看看里面是什么。

是披肩，一条新披肩！丹姥姥留下来的那条已经被我用得破烂不堪，凯斯想给我换条新的。她告诉我，上了飞机才能拆开礼物。新披肩是靛蓝色的，又厚又软和，和我的淡蓝色套装很配。凯斯，你想让我披着这条披肩去王宫。你在硬纸片上给我留了话，塞在卷起来的披肩里，一点儿都不花哨，是你匆匆忙忙写好塞进去的——你总是那么急。你该学着淡定些。凯斯用粗毡头笔写下这些字，字写得大大的，不用戴眼镜，我就能看清那些字——**亲爱的妈妈，你坐飞机过海的时候，可以用这个包着头。把我的爱带给女王。凯斯。**

哦，我亲爱的女儿。我忍不住哭了。我得救了，我收到了最好的礼物。我可以用这条披肩裹住头，把寒风都挡在外面。结构决定功能，外祖父，您说得对。

开始弹吧，强戈，今天的事做完了。就算披肩挡住了耳朵，我还是能听见你。你能感觉到我的心律吗，马特？哦，我所爱的人们——凯斯、马特、哈利、艾丽、丹姥姥、菲尔。我们是如此互相关爱，不管是活着还是死了。还有赖斯、特里克、霍姆斯先生、弗雷德姨妈、弗雷德姨夫、韦尔纳、啊喔曼、戈多、特尔·罗尼、卖胡萝卜的人、格林菲尔德小姐、照片上的神秘女人。如果你就要离开这个世界，你会觉得每个人都那么可爱。

如果哈利不在那个世界怎么办？如果神秘女人比我先到怎么办？我尽量放下怨恨。我尽量抓住每个机会，虽然我已经浪费了一些。我尽量不对自己说谎，尽量对大小事情都了解一些。

我错过了面对面见到莉莉贝特的机会，虽然她坐在豪华轿车的后座上对我招过手。我听到有人来救我了。上面那些模模糊糊的人影，他们不是一直都在那儿吗？他们张着嘴，好像在喊什么。他们在栏杆后面挥着手。他们正在寻找最佳路线，好沿着小路把担架抬下来。

我终于能离开这儿了。我知道我这把老骨头不会烂在峡谷里。你在听吗，我的主？

好吧，我是在虚张声势，故弄玄虚。这没有用，我改变不了自己的处境。我还是不确定。我在这世上活过一回，这已经是神的恩典。不管是谁，能过完一生就是个神迹。

过来，哈利。

凯斯，亲爱的，不要难过。照顾好你爱的人。把披肩拿回去，用它护好你的头，如果你……